Der Schatz des Dschingis Khan

W0398481

Monika Felten

ASCALON

Das magische Pferd

Der Schatz des Dschingis Khan

Planet Girl

«Ein wertvoller Mensch steht zu seinem Wort,
ein wertvolles Pferd zu seinem Wesen.«

(Aus der Mongolei)

Winterruhe

Die Weihnachtsferien waren vorüber, der Januar schon fast zur Hälfte um. Die Tage wurden wieder länger. Auf dem Markt in Willenberg wurden als erste Frühlingsboten Primeln in leuchtenden Farben und duftende Hyazinthen angeboten, während der Supermarkt des kleinen Ortes schon Erdbeeren aus Südamerika verkaufte, um den wintermüden Kunden den fernen Sommer nahezubringen.

Den Winter kümmerte das wenig. Nach trüben, feuchten und viel zu milden Weihnachtsfeiertagen, die keine richtige Weihnachtsstimmung hatten aufkommen lassen, hatte sich das Wetter Ende Dezember entschieden, mit klirrender Kälte über das Land herzufallen und sich dort hartnäckig festzusetzen. Schnee und Eis hatten alle Hoffnungen auf einen frühen Frühling zunichtegemacht.

Die Menschen vermummten sich und schimpften, während die Tiere stumm unter den eisigen Temperaturen litten, die ein strammer Nordostwind ins Land trug. Auf dem Birkenhof nahe Willenberg kämpften die Bewohner immer noch gegen den Schnee, der nur wenige Tage nach Weihnachten in solchen Massen gefallen war, dass die ganze Familie Vollmer fast fünf Tage festgesessen hatte. So lange hatte es gedauert, bis sich die Straßenräumdienste durch die meterhohen Schneewehen gefressen hatten, die die einzige Zufahrtstraße zum Birkenhof blockiert hatten. Normalerweise war das Eingeschneitsein für die Kinder des Hofs immer ein Grund zur Freude, Schneewehen bedeuteten Schulausfall und brachten ihnen ein paar zusätzliche Ferientage ein.

In diesem Jahr war der Schnee allerdings etwas zu früh gekommen. Es waren noch Ferien und Renate Vollmer, Muriels Mutter, zeigte sich zuversichtlich, dass die Straße bis zum Ende der Ferien geräumt sein würde. Und wie immer behielt sie recht. Zwei Tage vor dem Ferienende hatte sich die Schneefräse der Stadtreinigung rumorend und brummend einen Weg durch die weißen Massen gebahnt und die Familie aus ihrem eisigen Gefängnis befreit. Endlich konnte Muriels Mutter wieder einkaufen fahren und der Hof war nicht länger von der Außenwelt abgeschnitten.

Muriel war sofort zum Telefon gelaufen, um ihre beste Freundin Nadine anzurufen. Nadine hatte Fanny, eine weiße Connemarastute, auf dem Birkenhof untergestellt. Fanny war ihr Ein und Alles und sie hatte sich furchtbare

Sorgen um ihr Pony gemacht. Sie war sehr erleichtert, dass es allen Pferden gut ging, und kam nun wieder fast jeden Nachmittag auf den Birkenhof, um nachzusehen, wie es Fanny bei der klirrenden Kälte erging. Ausritte, wie Muriel und Nadine sie im Sommer häufig machten, waren in diesen Wochen zum Leidwesen der Mädchen allerdings nicht möglich. Die Straßen waren zu glatt und auf den Feldern lag der Schnee zu hoch.

»Der Winter macht echt keinen Spaß mehr«, sagte Nadine eines Nachmittags zu Muriel, als sie über den Hof zum Haus liefen, um ihre kalten Hände und Füße am Kachelofen im Wohnzimmer zu wärmen. Sie hatten die letzten Geschirre gesäubert, das Leder gefettet und die Sättel ausgebessert. Nun gab es im Stall kaum noch etwas zu tun.

»Mir frieren gleich die Finger ab.« Nadine holte tief Luft und ließ mit dem Atem eine weiße Wolke aus ihrem Mund aufsteigen.

»Ja, ein paar warme Sonnenstrahlen wären schön.« Muriel hauchte ihre kalten Hände an.

»Hör bloß auf.« Nadine seufzte. »Fanny tut mir richtig leid. In diesem Winter ist es aber auch besonders eisig.«

»Ich habe auch immer ein schlechtes Gewissen, wenn ich mich in meine Daunendecke kuschle«, sagte Muriel. »Aber Ascalon macht die Kälte nichts aus.«

»Ach wirklich?« Nadine schaute Muriel von der Seite an. »Woher willst du das wissen? Spricht er mit dir oder kannst du jetzt auch schon wie deine Mutter die Gedanken der Pferde lesen?«

»Quatsch!« Muriel schüttelte lachend den Kopf. Mit dem Gedankenlesen kam Nadine der Sache zwar schon sehr nahe, aber das musste sie ja nicht wissen. »Ich finde nur, dass er nicht leidend aussieht. Die Pferde bekommen abends ihre Decken und sooo bitterkalt wie draußen ist es im Stall schließlich auch nicht.« Sie öffnete die Tür zur Küche und genoss den Schwall warmer Luft, der ihr entgegenströmte. »Aber natürlich nicht ganz so warm wie im Haus.«

»Eben.« Hastig zwängte Nadine sich hinter Muriel in die warme Küche und seufzte. »Wir können die Pferde ja schlecht mit ins Haus nehmen. So wie die Mongolen.«

»Die Mongolen halten Pferde in ihren Häusern?« Muriel zog die Stirn kraus. »Das glaube ich nicht.«

»Na ja, nicht die ausgewachsenen. Aber die Fohlen, die noch klein und schwach sind, dürfen schon mal mit ins Haus, oder besser in die Jurte*, wenn es dort kalt ist.« Nadine zog ihre Jacke aus und hängte sie über einen Küchenstuhl. »Das habe ich gestern im Fernsehen gesehen, bei einer Sondersendung. Du weißt schon, wegen des Films, der bald in die Kinos kommen soll.«

* Alle mit * gekennzeichneten Begriffe werden im Glossar am Ende des Buches erklärt

»Davon weiß ich nichts.« Muriel schüttelte den Kopf und nahm zwei große Tassen aus dem Küchenschrank. »Ich hab dir doch erzählt, dass wir hier eine Zeit lang keinen Empfang hatten, weil der Frost irgendwas an der Satellitenanlage kaputt gemacht hatte. Da konnte ich nicht fernsehen. Willst du heißen Kakao?«

»Gern.« Nadine nickte. »Ach so, schade. Ich wollte dich nämlich eigentlich fragen, ob wir uns den zusammen ansehen wollen.«

»Ist er spannend?«

»Das weiß ich nicht, aber es kommen viele Pferde darin vor«, sagte Nadine und grinste. »Und lernen kann man auch was. Wie die Mongolen früher gelebt haben und so ...«

»Aha.« Muriel war nicht wirklich begeistert, aber sie spürte, dass Nadine den Film sehr gerne sehen würde, und wollte ihre Freundin nicht enttäuschen. »Wann läuft er denn?«, fragte sie, während sie zwei Tassen mit Kakao aus einer Thermoskanne füllte.

»Mitte Februar.« Nadine nippte vorsichtig an dem dampfenden Getränk. »Kommst du mit?«

»Meinetwegen.« Muriel nickte. »Ein Film mit Pferden klingt gut. Ich lass mich überraschen.«

Das Hügelgrab

Auf einem Hügel nahe der Stadt Batshireet, 320 Kilometer nordöstlich der mongolischen Hauptstadt Ulan Bator, herrschte an diesem kalten Wintermorgen große Aufregung.*

Joseph Gupata, der Leiter des zwanzigköpfigen Expeditionsteams, das hier seit nunmehr acht Monaten versuchte, das größte Geheimnis mongolischer Geschichte zu lüften, hatte zum Pressetermin geladen. Aus allen Teilen der Welt waren Fernsehteams und Journalisten der Fach- und Boulevardpresse angereist. Auch Professoren von verschiedenen Universitäten sowie einige Gesandte des mongolischen Staatspräsidenten waren gekommen, um der Öffnung des Grabes beizuwohnen, in dem nach Gupatas eigenen Worten der Fund der Funde auf die Archäologen wartete.

In den vergangenen Monaten hatte sein Team neunzehn der zwanzig Gräber auf dem Hügel geöffnet, in denen laut Pressemitteilungen ausschließlich mongolische Fürsten bestattet worden waren, die einst dem berühmten Dschingis Khan gedient haben mussten. Gupata stützte diese Behauptung auf Tonscherben und andere Grabbeigaben, die in den Gräbern gefunden wurden und einheitlich auf eine Zeitspanne um das Jahr 1227, dem Todesjahr des Großen Khan*, datiert werden konnten. Nach Auswertung aller Erkenntnisse war er sich nun nahezu sicher, dass sich in dem letzten der zwanzig Gräber das sagenumwobene Grab des Dschingis Khan befinden musste, und er war entschlossen, aus der Öffnung des Grabes ein Medienspektakel zu machen. Und das aus gutem Grund: Die Grabungen hatten durch zahlreiche Fehlschläge und anhaltend schlechtes Wetter mehr Geld verschlungen, als dem Expeditionsteam zur Verfügung stand.*

Joseph Gupata war pleite, aber das kümmerte ihn nicht. Er wäre nie so weit gekommen, wenn er tief in seinem Herzen nicht auch ein Geschäftsmann gewesen wäre. Zu wenig Bargeld hatte ihn noch nie davon abhalten können, seine Ziele zu erreichen.

Mit den Einnahmen, die er durch den Verkauf der Übertragungsrechte und durch die Presseberichte erzielte, würde er die Grabungen noch mindestens ein halbes Jahr fortsetzen können. Das war ihm sehr wichtig, denn – was zu diesem Zeitpunkt außer ihm und seinen Männern noch niemand wusste – ganz in der Nähe gab es noch mindestens vierzig weitere Gräber, die er unbedingt erkunden wollte …

Gupata konnte nicht ahnen, dass seine Expedition schon seit Monaten göttliche Aufmerksamkeit genoss. An einem fernen Ort, dessen Existenz nur wenigen Sterblichen bekannt war, stand auch an diesem bedeutenden Morgen wieder eine Frau von überirdischer Schönheit und Anmut vor dem Wasserbecken eines steinernen Brunnens und beobachtete voller Sorge die Fortschritte von Gupatas Expedition.

Dieser Mann war wirklich zäh. Die Schicksalsgöttin konnte nicht umhin, seine Ausdauer zu bewundern. Seit Monaten schon versuchte sie ihn mit allen Mitteln dazu zu bringen, die Grabungen abzubrechen. So war in den Aufzeichnungen des mongolischen Wetterdienstes neben einem sehr heißen und trockenen Sommer mit Wirbelstürmen auch ein außergewöhnlich früher Wintereinbruch verzeichnet, gefolgt von heftigem Tauwetter mit Überschwemmungen und sintflutartigen Regengüssen, dem sich eine länger anhaltende Kältewelle mit Schneestürmen anschloss. Zusätzlich wurden die Grabungsarbeiten von einer ganzen Reihe von Pannen und Unglücksfällen begleitet, die Gupatas Arbeit zwar verzögert hatten und sein Bankkonto schnell dahinschmelzen ließen, ihn aber ebenso wenig wie das furchtbare Wetter auch nur einen einzigen Augenblick ans Aufgeben hatten denken lassen.

Er war zäh, ausgesprochen zäh. Und das Wetter ließ sich – sehr zum Leidwesen der Schicksalsgöttin – nicht beliebig lange verändern.

Die Auseinandersetzung um die göttlichen Interessen, von der Joseph Gupata nichts ahnte, hatte der Archäologe am Ende zu seinen Gunsten entschieden. Und obwohl die Schicksalsgöttin wusste, dass er in diesem vermeintlich letzten Grab nicht das finden würde, was er sich erhoffte, hatte sie gute Gründe, alles daranzusetzen, dass der kostbare Inhalt des Grabes nicht in seine Hände fiel.

Ein leiser Seufzer entfloh der Göttin, als sie das Bild im Brunnen löschte. Da sie die Expedition nicht zum Aufgeben hatte zwingen können und sie selbst nicht weiter eingreifen konnte, blieb ihr nur noch eine Möglichkeit, das verschollene Grab von Dschingis Khan auch weiterhin vor einer Entdeckung durch die Archäologen zu schützen – sie musste Ascalon und Muriel zu sich rufen. Aber die beiden sahen sich gerade ganz eigenen Problemen gegenüber …

Fanny in Not

Mitte Februar war es noch immer eisig.

»Kalt!« Muriel versuchte ihre rote Nase hinter ihrem Schal zu verstecken und hauchte warmen Atem dagegen, um die Kälte aus der Nasenspitze zu vertreiben. Verbissen trat sie in die Pedale. Auf dem holprigen Weg mit den gefrorenen Pfützen in den Spurrinnen und dem vereisten Schnee kam sie nur mühsam voran. Es war einer dieser Tage, an denen sie es hasste, so weit abgelegen zu wohnen: am Ende eines fast einen Kilometer langen Privatwegs, den die Räumfahrzeuge aus Willenberg nur dann befuhren, wenn meterhohe Schneewehen ein Durchkommen unmöglich machten. Ansonsten bestand das Räumen des Wegs meist darin, dass ihre Mutter den Schnee mit den breiten Winterreifen des Jeeps einfach platt walzte.

Muriel seufzte und versuchte sich mit einem Gedanken an den Sommer zu trösten, wenn die Hecken zu beiden

Seiten grün waren und die Luft erfüllt von dem Gesang unzähliger Vögel. Gedanken an Tage, an denen sie die Abgeschiedenheit des Birkenhofs in vollen Zügen genoss und sich keinen schöneren Platz auf der Welt vorstellen konnte. Voller Sehnsucht dachte Muriel an die sonnenbeschienenen Wiesen, an den Duft von frisch gemähtem Heu und den Anblick der Pferde, die zufrieden auf saftigen Wiesen grasten ...

»Muriel, warte! Ich kann nicht so schnell.«

Plopp! Mit einem Schlag waren die Erinnerungen an Sonne und Wärme fort und Muriel fand sich in dem trostlosen Nebelgrau wieder, das dem Land schon seit Tagen jeden Sonnenstrahl vorenthielt und keinerlei Anstalten machte, sich irgendwann einmal aufzulösen.

»Wenigstens ist es heute windstill«, hatte Teresa, die Haushälterin des Birkenhofs, gesagt, als sie nach dem Frühstück einmal kurz vor die Tür gegangen war, um das Altpapier hinauszubringen. »Da habt ihr aber Glück, mis cariños. Die Luft würde sich bei Wind mindestens fünf Grad kälter anfühlen.«

Kälter? Muriel schnaubte missmutig. Noch kälter? Die gefühlte Temperatur betrug an diesem Morgen mindestens minus zehn Grad. Als Glück konnte man das wohl kaum bezeichnen. Eltern, die ihre Kinder bei einem solchen Wetter mit dem Fahrrad zur Schule schickten, machten sich ihrer Meinung nach der Kinderquälerei schuldig oder ...

»Muriel, warte!«

... zumindest der seelischen Grausamkeit, wenn sie wie Teresa auch noch darauf bestanden, den Schulweg in Begleitung der nervigsten kleinen Schwester zurückzulegen, die man sich vorstellen konnte. Und das alles nur, weil Teresa sich fürchtete, bei Schnee und Eis mit dem Auto zu fahren.

»Muriel! Teresa hat gesagt, dass du auf mich warten sollst!« Viviens Stimme hatte einen weinerlichen Ton angenommen.

»Wenn ich auf dich warte, komme ich zu spät!« Ein Blick auf die Uhr bestätigte Muriel, was sie schon vermutete. Um rechtzeitig zum Unterricht zu kommen, musste sie nicht langsamer, sondern schneller fahren. Natürlich waren glatte Straßen immer eine gute Entschuldigung, aber nach fast acht Winterwochen erwarteten die Lehrer zu Recht, dass die Schüler sich auf die schlechten Straßenverhältnisse eingestellt hatten und sich entsprechend früher auf den Weg machten.

»Du bist gemein, Muriel!« Das klang, als würde Vivien jeden Augenblick in Tränen ausbrechen.

»Wenn ich noch in der Grundschule wäre, könnte ich auch trödeln«, rief Muriel ihrer Schwester über die Schulter zu. »Aber in der achten Klasse geht das nun mal nicht. Also beeil dich.«

»Ich hab aber Angst!«

»Dann schieb dein Rad.«

»Dann bin ich ja noch viel langsamer.«

Muriel verdrehte die Augen, schnitt eine Grimasse und blieb stehen. Aber wo Vivien recht hatte, hatte sie recht. »Noch zweihundert Meter, dann ist die Straße gestreut«, versuchte sie ihre kleine Schwester zu trösten, als diese endlich zu ihr aufgeschlossen hatte. »Kopf hoch, du hast es doch gestern auch geschafft.«

»Da war aber noch nicht so viel Eis auf dem Weg.« Vivien schob die Unterlippe vor und zog einen Schmollmund. »Blöde Teresa«, schimpfte sie. »Sie hätte uns ruhig mit dem Auto fahren können.«

»Die hätte vermutlich einen Herzinfarkt bekommen, bevor wir überhaupt die Straße erreicht hätten«, sagte Muriel. »Du weißt doch, wie sehr sie Schnee und Eis verabscheut. In ihrer Heimat in Südspanien gibt es so etwas nun mal nicht.«

»Mirko macht es richtig«, sagte Vivien, als hätte sie Muriel nicht zugehört. »Der stellt sich heute krank.«

»Ist eben nicht jeder so pflichtbewusst wie wir.« Muriel zwinkerte ihrer Schwester zu. Mirko war mit seinen elf Jahren zwei Jahre jünger als Muriel. Wenn ihr Vater auf Montage war, war er der einzige Mann auf dem Birkenhof. Dann drückte er sich gern und meist auch erfolgreich vor allem, was unangenehm war, und hatte es in nur fünf Schuljahren geschafft, sämtliche Krankheiten perfekt vorzutäuschen, die ihm den lästigen Schulalltag und den Weg dorthin ersparten.

»Nur gut, dass Mama morgen wieder da ist«, murrte Vivien, die immer noch ihren eigenen Gedanken nachhing. »Die ist wenigstens mutig.«

»Das nützt uns heute auch nichts.« Muriel seufzte und zog den Reißverschluss ihrer Jacke noch etwas höher. »Los komm, das Schlimmste haben wir hinter uns. Nadine wartet bestimmt schon an der Straße.«

Sie sollte recht behalten. Hinter der nächsten Biegung konnten sie Nadine schon sehen. Muriels beste Freundin und Klassenkameradin hatte das Glück, an einer Straße zu wohnen, die schon am frühen Morgen geräumt und gestreut wurde. Der Anblick des dunklen Teers ließ Muriels Herz höher schlagen. Nichts erschien ihr in diesem Augenblick begehrenswerter, als das Geräusch der Mountainbikes auf dem nassen Asphalt zu hören.

»Hallo Muriel!« Sie sah, wie Nadine den Arm hob und ihr zuwinkte.

Muriel ... Muriel ... Muriel ...

Muriel stutzte. Wer hatte sie gerufen? Nadine natürlich, aber war da nicht noch etwas anderes gewesen? Keine Worte, mehr ein Gefühl, das ihr inzwischen sehr vertraut war ...

Ascalon?

Muriel blinzelte verwirrt. Das war unmöglich. Ascalon wusste, dass sie in die Schule musste. Seit sie den außergewöhnlichen Wallach mit der prächtigen blonden Mähne vor fast einem Jahr als Pflegepferd bekommen hatte,

hatte er sie noch nie während der Schulzeit gerufen. Energisch schüttelte Muriel den Kopf. Bestimmt habe ich das mit Nadines Rufen verwechselt, dachte sie bei sich und wollte ihr gerade zuwinken – da durchzuckte sie wie ein Blitz das Gefühl höchster Dringlichkeit und sie glaubte erneut zu spüren, dass Ascalon nach ihr rief. Er braucht Hilfe! Instinktiv wusste sie, dass etwas Furchtbares geschehen war. Ihr Herz hämmerte wie wild. Sie konnte jetzt unmöglich zur Schule fahren. Sie musste zurück und nachsehen, warum Ascalon sie brauchte.

Sie bremste ihr Fahrrad so ruckartig und ohne Vorwarnung ab, dass Vivien ihr gegen das Hinterrad fuhr.

»He, was soll das? Wieso bleibst du mitten in der Spur stehen? Hast du das mit Absicht gemacht?«

»Quatsch, natürlich nicht.« Muriel schüttelte den Kopf. »Ich ... Mir ... mir ist nur gerade eingefallen, dass ich etwas vergessen habe.«

»Vergessen? Du?« Vivien zog die Stirn kraus. »Das glaube ich nicht. Du vergisst doch nie etwas – na ja, jedenfalls fast nie.«

»Aber jetzt habe ich eben etwas vergessen.« Muriel hatte es so eilig, dass sie fast schon unfreundlich klang.

»Was denn?« Vivien wich ein Stück zur Seite, weil Muriel ihr Fahrrad umdrehte.

»Meine ... Hausaufgaben für Latein«, log sie, weil ihr gerade nichts Besseres einfiel. »Wenn ich die nicht habe, muss ich die Vokabeln von Lektion vierzehn zwei Mal abschreiben. Die Büchner kennt da echt keinen Spaß.« Wenigstens das war nicht gelogen.

»He, was macht ihr da? Beeilt euch!« Allmählich wurde Nadine ungeduldig. »Wir kommen noch zu spät«, rief sie den beiden Schwestern entgegen.

Muriel antwortete nicht. »Pass auf, du fährst jetzt mit Nadine zur Schule«, sagte sie in einem Tonfall zu Vivien, der keinen Widerspruch duldete, und schwang sich dabei schon wieder auf ihr Mountainbike. »Sag ihr, sie soll mich in Physik entschuldigen. Ich komme etwas später.«

»Warum sagst du es ihr nicht selbst?«, wollte Vivien wissen, aber Muriel war schon auf dem Heimweg. »Keine Zeit!«, rief sie ihrer Schwester noch zu und sauste den holprigen Weg so schnell entlang, als gäbe es keinen Schnee und keine vereisten Pfützen.

Keine zehn Minuten später erreichte sie den Birkenhof. Jetzt galt die höchste Alarmstufe. Wenn Teresa mitbekam, dass sie nicht zur Schule gefahren war, konnte sie den Kinobesuch mit Nadine am Nachmittag vergessen. Ein Glück nur, dass es Titus draußen zu kalt war. Der große Schweizer Sennenhund hätte sie schon von Weitem erkannt und mit seinem freudigen Gebell verraten. Der faule Kerl war bei dem Wetter allerdings keine Gefahr. Schon seit Wochen war er nur mit sanfter Gewalt dazu zu bewegen, eine Pfote vor die Tür zu setzen. Offenbar hatte er sich vorgenommen, den Winter auf seinem warmen Lieblingsplatz in der Küche zu verbringen und Teresa bei der Arbeit zu beobachten. Immer darauf wartend, dass ein Leckerli für ihn abfiel. Teresa behauptete, der Hund würde ihr inzwischen schlimmer auf die Nerven gehen als der Schnupfen, den sie sich vor ein paar Tagen eingefangen hatte – aber niemand nahm das wirklich ernst, denn wie alle in der Familie hatte auch sie den eigensinnigen Hofhund in ihr Herz geschlossen.

Statt auf den Hof fuhr Muriel ein Stück in den nahen Wald hinein und lehnte ihr Fahrrad dort an einen Baum. Das Gefühl höchster Not war inzwischen so stark, dass es ihr fast den Atem nahm. Am liebsten wäre sie gerannt, aber dafür war es auf dem verschneiten Boden zu rutschig. So eilte sie in etwas seltsam anmutenden Bewegungen halb rennend, halb gehend den Weg entlang, der zu dem weiß gestrichenen Tor der Pferdekoppel führte, das sie mit Ascalon schon so oft heimlich übersprungen hatte. Ein Sprung, der sie jedes Mal in die wunderseltsame Welt der Schicksalsgöttin geführt hatte. Diese war die letzte Vertreterin der einst so mächtigen Götter, die die Völker der Erde viele tausend Jahre unter verschiedenen Namen verehrt hatten. Die Götter waren verschwunden – wohin, das wusste auch Muriel nicht –, nur die Schicksalsgöttin war geblieben, um ihre Fehler und Versäumnisse der Vergangenheit wiedergutzumachen.

Muriel kannte die Göttin inzwischen sehr gut. Ein paar

Mal schon waren Ascalon und sie von ihr in die Vergangenheit geschickt worden, um dort einen Auftrag auszuführen. Der letzte Ausritt hatte sie an den Hof von König Artus geführt. Davor hatte sie am Leben der Maya vor tausend Jahren teilhaben dürfen und einen Blick in die Zeit der Hexenverfolgung hatte sie auch schon werfen können.

Wenn sie daran zurückdachte, wurde ihr ganz warm ums Herz. Schon immer hatte sie sich gewünscht, spannende Abenteuer zu erleben. Mit Ascalon wurde dieser Traum endlich wahr.

An diesem Morgen kletterte sie von der anderen Seite über das Tor ohne jede Magie und ohne Ascalons Hilfe. Dahinter lag die Wiese, die an den Stall grenzte, in dem neben den Pferden des Birkenhofs hin und wieder auch die Patienten ihrer Mutter und ein paar Gastpferde, wie Nadines Fanny, untergebracht waren. Im Stall war es angenehm warm, aber die Pferde sollten auch im Winter ihren Auslauf haben und so hatte Muriel das Stalltor nach dem Frühstück geöffnet und die Tiere auf die Weide hinausgelassen.

Zusammen mit Ascalon und dem betagten Nero, der von Vivien geritten wurde, gab es auf dem Birkenhof in diesem Winter elf Pferde. Sechs waren wie Nero alt oder durch eine Verletzung behindert und bekamen hier ihr Gnadenbrot. Vier Pferde gehörten anderen Besitzern. Einen Dauerpatienten beherbergte ihre Mutter, die sich als

Tierärztin und Tierpsychologin auf die Arbeit mit Pferden spezialisiert hatte, zurzeit nicht.

Muriel lief über die Wiese und schaute sich um. Die große Raufe mit dem duftenden Heu stand verlassen unter der wuchtigen Eiche und auch sonst konnte sie nirgends eines der Pferde entdecken.

Seltsam.

Das Gefühl nahenden Unheils verstärkte sich, während sie die flache Hügelkuppe in der Mitte der Weide erklomm. Als sie die Hälfte des Wegs zurückgelegt hatte, hörte sie Ascalon wiehern. Es war ein Laut, wie sie ihn von ihm noch nie zuvor gehört hatte. Voller Angst und Sorge und so schrill, dass es fast schon an Panik grenzte. Erschrocken begann sie zu laufen. Die eisige Luft schnitt ihr in die Kehle, ihr Atem ging keuchend und ihr Herz klopfte wie wild, als sie sich halb verrückt vor Sorge den verschneiten Hügel hinaufkämpfte.

»O nein!« Oben angekommen blieb sie wie angewurzelt stehen und starrte entsetzt auf das Bild, das sich ihr bot. Hundert Meter vom Fuß des Hügels entfernt lag ein kleiner See, an dem die Pferde trinken und sich an heißen Sommertagen etwas Abkühlung verschaffen konnten. Ihre Mutter hatte den Uferstreifen und einen kleinen Teil des Sees erst im vergangenen Sommer gekauft, nachdem der Bach, der über die Weide floss, schon zum dritten Mal ausgetrocknet war und die Pferde nichts zu trinken hatten. Um zu verhindern, dass die Tiere durch den See schwammen, hatte sie einen Zaun quer durch die kleine Bucht ziehen lassen.

Der See war schon lange zugefroren. Vivien und Mirko hatten immer wieder gebettelt, dort Schlittschuh laufen zu dürfen, aber ihre Mutter hatte es ihnen streng verboten.

»Die Gase, die vom Grund des Sees aufsteigen, machen die Eisdecke brüchig. Und selbst wenn wir Temperaturen wie in der Arktis haben«, hatte ihre Mutter erst vor ein paar Tagen mit strengem Blick gesagt, »den See dürft ihr auf gar keinen Fall betreten – verstanden?«

Nadines Stute Fanny, die von den Gefahren des zugefrorenen Sees nichts wissen konnte, waren solche Verbote fremd. Einsame Hufspuren auf der unberührten Schneedecke zeugten davon, dass sie sich weit auf das Eis hinausgewagt hatte. Das Wasser in dem Weiher stand hoch. Nur ein kleiner Sprung war nötig gewesen, um den Zaun zu überwinden, dessen Pfähle weniger als einen Meter aus dem Eis herausragten. Dieser Sprung war ihr zum Verhängnis geworden.

Muriel blieb fast das Herz stehen, als sie sah, dass das geliebte Pony ihrer Freundin bis zum Hals im Wasser steckte. Verzweifelt versuchte es, mit den Vorderhufen wieder auf das Eis zu gelangen. Doch vergeblich. Die schweren Hufschläge ließen Scholle um Scholle abbrechen und das Loch immer größer werden, während Fanny in dem eisigen Wasser immer schwächer wurde. Die anderen Pferde standen am Ufer und beobachteten den dramatischen Überlebenskampf der Connemarastute scheinbar gelassen. Hätte Ascalon Muriel nicht alarmiert, hätte niemand etwas von dem Unglück bemerkt.

Ich muss ihr helfen! Muriel überlegte fieberhaft, was sie tun konnte. Den ersten Impuls, hinaus aufs Eis zu laufen, um Fanny am Halfter zu packen, verwarf sie gleich wieder. Die kleine Stute war vor Todesangst so in Panik, dass die wirbelnden Vorderhufe zu einer ernsten Gefahr werden konnten, selbst wenn die Eisdecke Muriel tragen würde.

Von zu Hause war auch keine Hilfe zu erwarten. Ihre Mutter war nicht da und Andrea, die sich um den Stall und die Pferde kümmerte, kam im Winter immer erst gegen zehn Uhr auf den Birkenhof. Also gab es nur noch eine Möglichkeit.

Mit den Zähnen befreite sich Muriel von ihren Handschuhen, fischte ihr Handy aus der Jackentasche und wählte mit zitternden Fingern den Notruf der Feuerwehr.

»Hallo? ... Ja ... ein Notfall ... richtig! ... Bitte kommen Sie schnell. Hier ist ein Pferd im Eis eingebrochen ... Ja, ein Pferd. Es ist schon ganz schwach ...« Die Worte sprudelten nur so aus Muriel hervor – ungeordnet unter Tränen und mit zitternder Stimme. »Wie? Meinen Namen? ... Ach so, Muriel ... äh, Vollmer ... Muriel Vollmer. Wo? Na hier ... auf dem Birkenhof bei Willenberg ... O bitte kommen Sie schnell, ich mache mir solche Sorgen … Wie lange es schon im Wasser ist? … Das weiß ich nicht. Vielleicht zwanzig Minuten oder so … Eine Straße? Nein, nicht von unserem Hof aus. Aber warten Sie mal, auf der anderen Seite des Zauns führt ein Feldweg bis zum Ufer. O gut, Sie wissen Bescheid … Der Weg ist auch ganz in der Nähe der Einbruchstelle. Ja … ja, danke. Ich warte hier …«

Operation Fanny

Die nächsten fünfzehn Minuten wurden zu den längsten in Muriels Leben. Fannys Überlebenskampf mit ansehen zu müssen, ohne ihr helfen zu können, brach Muriel fast das Herz. Sie fragte sich, wie lange es die Connemarastute in dem eisigen Wasser wohl noch aushalten konnte. Es war deutlich zu sehen, dass sie immer schwächer wurde. Die Kälte lähmte ihre Muskeln. Wenn die Feuerwehr nicht bald eintraf, würde sie erfrieren oder besinnungslos werden und ertrinken. Da nützte es auch nichts mehr, dass das Wasser an der Stelle noch nicht so tief war und Fanny dort stehen konnte.

Muriel lief den Hügel hinunter zum Ufer. Die Pferde des Birkenhofs, die Fannys verzweifelten Kampf mit stoischer Ruhe beobachteten, wichen respektvoll zur Seite, als sie Muriel kommen hörten. Nur Nero, den mit Fanny eine enge Freundschaft verband, stand in der Nähe des Ufers auf dem zugefrorenen See und ließ seine schweren Hufe auf die Eisdecke krachen, als könnte er Fanny damit helfen.

»Lass gut sein, Nero.« Muriel tätschelte dem betagten Kaltblüter liebevoll den Hals und sagte mehr zu sich selbst: »Die Feuerwehr muss jeden Augenblick hier sein. Die holen deine Freundin da raus. Du wirst sehen, es wird alles gut.«

Aller Zuversicht zum Trotz vergingen noch einmal einige qualvolle Minuten, ehe auf der anderen Seite des Zauns endlich Motorengeräusche zu hören waren, die sich langsam näherten. »Das sind sie!« Muriel gab Nero einen Klaps und rannte zum Weidezaun. Die dicke Daunenjacke machte es ihr nicht leicht, sich zwischen den straff gespannten Drähten des Zauns hindurchzuzwängen, aber schließlich überwand sie auch dieses Hindernis. »Halte durch!«, rief sie Fanny zu, die sichtlich entkräftet inmitten von Eisschollen in dem Loch ausharrte und sich nur noch schwerfällig bewegte. Zwar hatte sie die Versuche, sich zu befreien, noch nicht aufgegeben, war aber schon so schwach, dass es ihr kaum noch gelang, einen Huf auf das Eis zu heben.

Endlich kam der rote Einsatzwagen der Willenberger Feuerwehr in Sicht. Langsam, in Muriels Augen viel zu langsam, bahnte er sich mit seinem Anhänger, auf dem ein Schlauchboot zu sehen war, einen Weg durch den Schnee, immer darauf bedacht, die Spur nicht zu verlassen. Ihm folgte ein Feuerwehr-Oldtimer mit Drehleiter, den alle in Willenberg liebevoll »Emma« nannten und der bei jedem Ereignis zum Einsatz kam, bei dem eine Drehleiter vonnöten sein konnte. Die Fahrzeuge schaukelten heftig. Der Wind hatte den Schnee teilweise vom Feldweg geweht, sodass die Fahrer den Verlauf zumindest erahnen konnten, dennoch war in dem schwierigen Gelände höchste Vorsicht geboten.

»Schneller! Macht schneller!« Die Hände vor Anspannung zu Fäusten geballt, beobachtete Muriel, wie sich die Fahrzeuge näherten. Einige Meter vom Ufer entfernt blieben sie stehen. Die Motoren verstummten und die Lichter gingen aus. Vier Feuerwehrmänner in orangeroten Jacken sprangen aus dem Einsatzfahrzeug und liefen um den Wagen herum, um das Schlauchboot vom Anhänger zu holen. Der Fahrer kam auf Muriel zu. »Hast du uns angerufen?«, fragte er.

»Ja.« Muriel nickte. »Bitte beeilen sie sich. Fanny ist schon ganz schwach.«

»Wir tun, was wir können.« Der Feuerwehrmann zwinkerte Muriel zu. »Versprochen.« Hinter ihm waren zwei weitere Männer aus dem Oldtimer gesprungen. Sie lösten eine Leiter vom Einsatzfahrzeug, liefen damit zum Ufer und prüften vorsichtig, wie dick die Eisdecke war. Die vier anderen folgten ihnen mit dem Schlauchboot.

»Komm mit!« Der Feuerwehrmann gab Muriel ein Zeichen, ihm zu folgen, ehe er zu den anderen an das Seeufer ging. Muriel folgte ihm zögernd. In ihren Augen dauerte alles viel zu lange. Sie hatte schon am Telefon erzählt, was passiert war, und gehofft, dass die Feuerwehr sofort mit der Bergung des verunglückten Ponys beginnen würde. Zunächst aber geschah gar nichts. Die Männer standen am Ufer beisammen und diskutierten aufgeregt, schienen sich aber nicht wirklich einig zu werden, wie das Pferd schnell und sicher aus seiner misslichen Lage befreit werden konnte.

»... ist viel zu schwer ... können nicht so weit auf das Eis hinaus ... schon sehr erschöpft ... müssten einen Kran haben ... können versuchen, das Pferd ...« Wortfetzen schwebten Muriel zu, die für sie keinen Sinn ergaben, und doch nur von einem kündeten: Ratlosigkeit.

Am anderen Ufer hörte sie Nero wiehern und sah, wie er ungeduldig mit den Hufen scharrte. Auch er schien zu spüren, dass ihnen nicht mehr viel Zeit blieb. Fanny antwortete mit einem kläglichen Ton, der kaum mehr Ähnlichkeit mit einem Wiehern hatte. Die kleine Stute tat Muriel unendlich leid. Am liebsten hätte sie die Feuerwehrleute angeschrien, dass sie endlich etwas tun sollten. Aber sie beherrschte sich und schluckte die Worte, die ihr auf der Zunge lagen, und ihre Verzweiflung hinunter.

Endlich tat sich etwas.

Zwei Feuerwehrleute holten eine weitere Leiter. Die anderen schoben die erste Leiter auf das Eis, bis dicht an Fanny heran. Diese stand etwa drei Meter vom Ufer entfernt an der Eiskante und war inzwischen so entkräftet, dass sie die Männer in den orangeroten Jacken nicht einmal wahrzunehmen schien. Indes kehrten zwei andere Männer mit ein paar Löschschläuchen über den Armen und zwei langen Stangen vom Einsatzwagen zurück. Die Feuerwehrleute an den Leitern nahmen die Stangen und Schläuche an sich, robbten auf dem Bauch liegend über die Leiter auf das Eis hinaus und näherten sich Fanny von beiden Seiten.

Muriel verfolgte das Geschehen mit wachsender Spannung. Sie hatte keinen blassen Schimmer, was die Feuerwehrleute vorhatten. Mit angehaltenem Atem beobachtete sie, wie einer den Schlauch an die Stange knotete und diese vorsichtig neben Fanny in das Wasser tauchte, während der andere versuchte, den Schlauch unter Wasser mit seiner Stange zu erreichen. Obwohl Fanny sich nicht rührte, war es ein schwieriges Unterfangen. Drei Mal verfehlten die Männer sich. Dann gelang es ihnen endlich, den Schlauch hinter den Vorderbeinen unter Fannys Körper hindurchzuziehen. Indem sie die Kupplungen am Ende des Schlauchs miteinander verbanden, gelang es ihnen, eine feste Schlaufe zu formen. Die am Ufer Zurückgebliebenen jubelten und klatschen, als sie sahen, dass der Löschschlauch Fannys Körper nun wie ein Haltegurt umschloss.

Einer der Männer eilte zu dem alten Leiterwagen, ließ den Motor an und steuerte das Fahrzeug vorsichtig über das Feld näher an den See heran. Es war ein großes Glück, dass der Boden steinhart gefroren war, sonst hätte sich das schwere Gefährt vermutlich sofort festgefahren. So aber konnte der Fahrer die Leiter ausfahren, bis deren Spitze in einem flachen Winkel ein paar Meter über den See hinausragte.

Staunend beobachtete Muriel, wie ein Feuerwehrmann die Leiter erklomm, einen langen Druckschlauch über die obersten drei Stufen legte und beide Enden zu seinen Kollegen auf dem Eis hinabließ. Diese hatten große Mühe, den Schlauch durch die provisorische Schlaufe zu ziehen. Erst nach mehreren vergeblichen Versuchen gelang es ihnen, die Enden zu ergreifen, eines davon durch die Schlaufe zu ziehen und es mit dem freien Ende zu einem geschlossenen Ring zu verbinden.

Fanny war nun durch die Schläuche mit der Drehleiter verbunden und allmählich ahnte auch Muriel, was die Feuerwehrleute vorhatten. Einer der Männer auf dem Eis gab dem Fahrer ein Daumen-hoch-Zeichen. Während sich die beiden Feuerwehrmänner wieder vom Eis ans Ufer begaben, beobachtete Muriel noch immer unruhig, wie sich die Leiter langsam aufrichtete und der Schlauch sich spannte.

»Bitte«, murmelte sie und drückte die behandschuhten Daumen so fest sie konnte. »Bitte.« Endlose Herzschläge lang geschah nichts, dann tauchte Fannys grauer Oberkörper aus dem Wasser auf.

»Ja!« Muriel klatschte vor Freude in die Hände, als das

Pony mithilfe der Drehleiter Stück für Stück aus dem See gehievt wurde. Wieder war es ein Glück, dass Fanny die Kraft fehlte, Widerstand zu leisten. Heftigen Bewegungen hätte die provisorische Konstruktion sicher nicht lange Stand gehalten. So aber hing sie wie der sprichwörtliche nasse Sack in dem Gurt und ließ alles mit sich geschehen.

Am Ufer wurde die erschöpfte Connemarastute von den Feuerwehrleuten schon mit silberglänzenden Rettungsfolien und Decken empfangen. Jetzt gab es für Muriel kein Halten mehr. Überglücklich sprintete sie los – und stieß dabei mit einem Mann zusammen, der ganz offensichtlich dasselbe Ziel hatte.

»Hoppla, junge Dame. Nicht so stürmisch. Ein Patient ist wirklich genug.«

»'tschuldigung«, Muriel schaute sich um und blickte in das rundliche Gesicht von Rasmus Gromke. Der kleine etwas dickliche Mittfünfziger mit dem grau melierten Haaren war schon seit mehr als zwei Jahrzehnten Landtierarzt in der Gemeinde Willenberg und bei allen sehr beliebt. Wegen der lauten Motorengeräusche des Leiterwagens hatte Muriel seinen Jeep gar nicht kommen hören, aber sie war erleichtert, ihn zu sehen. Er hatte ein paar Decken unter dem Arm und seinen Notfallkoffer in der Hand.

»Fanny war bestimmt fast eine Stunde im Wasser«, klärte Muriel ihn auf, obwohl er sie noch gar nichts gefragt hatte. »Zum Schluss konnte sie sich kaum noch bewegen.

Ich hoffe, ihr ist nichts Schlimmes passiert und sie wird wieder gesund.«

»Das wird schon wieder.« Dr. Gromke schenkte ihr ein aufmunterndes Lächeln. »Mach dir keine Sorgen. Pferde sind ziemlich zäh. Ist es dein Pony?«

»Nein, das von meiner Freundin.«

»Weiß sie schon Bescheid?«

Muriel schüttelte den Kopf. Bevor sie nicht selbst in der Schule war, sagte sie Nadine lieber noch nichts. Dr. Gromke fragte auch nicht weiter nach, denn sie hatten das Pony erreicht. Zitternd und unregelmäßig atmend, in Decken und Rettungsfolie verpackt, lag Fanny am Ufer. Der Tierarzt begann sofort mit seinen Untersuchungen.

»Völlig unterkühlt«, stellte er fest und nahm eine Spritze aus seinem Koffer.

»Wofür ist die?«, wollte Muriel wissen.

»Für den Kreislauf. Das arme Tier steht noch immer unter Schock und ...«

»Du meine Güte, was ist denn hier passiert?«

Muriel schaute sich um und sah Andrea, die wohl heute etwas früher zur Arbeit gekommen war und die Feuerwehrautos entdeckt haben musste. Nun kam sie über die Weide zum See gelaufen.

»Fanny ist aufs Eis gelaufen, hat den Zaun übersprungen und ist eingebrochen«, erklärte Muriel die Situation in einem Satz. »Die Feuerwehr hat sie gerade herausgezogen.«

»Das ist ja furchtbar.« Andrea blieb stehen und blickte erschüttert auf das durchnässte und erschöpfte Pony. »Wie ... wie geht es ihr?«

»Sie wird wieder.« Der Landtierarzt hatte seine Untersuchung beendet und klappte seinen Koffer zu. »Sie hat keine Verletzungen davongetragen, aber sie hat einen Schock und ist stark unterkühlt. Sie muss dringend an einen warmen Ort gebracht werden.«

»Der Stall ist gleich da hinten.« Andrea deutete zum Birkenhof hinüber. »Kann sie laufen?«

»Können schon ...« Dr. Gromke neigte den Kopf leicht zur Seite. »Die Frage ist, ob sie es will.«

»... und wie wir sie über den Zaun bekommen«, sagte Andrea.

»Das dürfte kein Problem sein.« Einer der Feuerwehrmänner hob eine Blechschere in die Höhe und fügte, als er Andreas skeptischen Blick bemerkte, hinzu: »Wir reparieren ihn auch gleich wieder.«

»Also gut.« Andrea nickte und schaute Muriel an. »Hilfst du mir?«

Was für eine Frage. Muriel war überglücklich, dass Nadines geliebtes Pony gerettet werden konnte. Sie hätte alles für Fanny getan, wenn sie nur wieder ganz gesund wurde. Mit vereinten Kräften gelang es ihnen, das widerstrebende Pony zum Aufstehen zu bewegen. Aber alles Zureden, Knuffen, Schieben und Ziehen blieb vergebens. Fanny wollte nicht laufen. Eingewickelt in die glänzende

Rettungsfolie und stur wie ein Esel, blieb sie einfach an Ort und Stelle stehen.

»Ziemlich dickköpfig«, bemerkte Dr. Gromke schmunzelnd.

»Unvernünftig und undankbar«, ergänzte Andrea seufzend. »Dabei meinen es doch alle nur gut mit ihr.«

»Wartet!« Muriel hatte eine Idee. Sie drehte sich um und lief auf die Weide, um Nero zu holen. Die Hand fest in die Mähne des stämmigen Kaltblüters gekrallt, führte sie ihn zu Fanny. Die beiden Pferde schnaubten, beschnupperten sich und rieben die Köpfe aneinander, glücklich, wieder zusammen zu sein.

»So, Nero«, sagte Muriel nach einer Weile. »Jetzt begleitest du Fanny in den Stall.« Sie fasste wieder in Neros Mähne und führte ihn vom Ufer weg. Und tatsächlich. Kaum hatte er sich in Bewegung gesetzt, machte auch Fanny ein paar erste zaghafte Schritte.

»Es klappt!« Andrea hatte kaum Zeit, sich bei Dr. Gromke und den Männern von der Feuerwehr zu bedanken. Ein schnelles Händeschütteln, ein paar freundliche Worte, dann schloss sie zu Muriel und den beiden Pferden auf.

Auf dem Weg zum Stall musste Muriel Andrea genau erklären, was vorgefallen war. Obwohl sie von der ganzen Aktion nur das Happy End mitbekommen hatte, war Andrea auch jetzt noch total aufgeregt. Sie machte sich große Vorwürfe, die Gefahr des Eises unterschätzt und den Zaun im See zu niedrig gebaut zu haben, und betonte immer wieder, wie viel Glück Fanny doch gehabt hatte, dass Muriel vor der Schule noch einmal nach Ascalon hatte sehen wollen.

Muriel unterbrach sie nicht und beantwortete ihre Fragen so knapp wie möglich. Auf keinen Fall wollte sie in Erklärungsnöte kommen. Dass sie vor der Schule noch nach Ascalon hatte sehen wollen, war schon merkwürdig genug.

Nicht nur Fanny war froh, als sich die Stalltür endlich hinter ihnen schloss. Andrea war nun ganz in ihrem Element und verkündete, Fanny jetzt erst einmal eine »Rundum-Verwöhnpflege« zu verpassen, damit sie sich »nichts wegholt«. Muriel war das nur recht. So musste sie wenigstens keine unangenehmen Fragen mehr beantworten. Außerdem hatte sie es eilig. Ein Blick auf die Uhr zeigte ihr, dass sie den Physikunterricht bereits komplett versäumt hatte. Die Geschichtsstunde war auch schon zur Hälfte vorbei. Wenn sie nicht bald in der Schule auftauchte, würde sie dem Klassenlehrer eine Entschuldigung von ihrer Mutter vorlegen müssen, und das war nun wirklich das Letzte, was sie wollte.

»Muriel, tust du mir einen Gefallen?« Andrea hatte einen Eimer mit warmem Wasser gefüllt und begann, Fanny abzubürsten. »Gehst du noch einmal zum See und siehst nach, ob die Leute von der Feuerwehr den Zaun auch wirklich richtig geflickt haben? Ein entlaufenes Pferd am Tag ist genug Aufregung.«

»Klar, mach ich.« Muriel war schon auf dem Weg zur Stalltür. »Mein Fahrrad steht sowieso noch oben am Tor. Wenn alles okay ist, fahre ich gleich weiter zur Schule, ja?«

»Danke Muriel, du bist ein Schatz.« Andrea fluchte leise, weil sie Fannys gefrorenen Schweif erst mühsam mit warmem Wasser auftauen musste, ehe sie ihn kämmen und von Blättern und kleinen Stöcken befreien konnte.

»Bis nachher!« Muriel verließ den Stall, schloss die Tür leise hinter sich und lief über die Wiese. Von den Löschfahrzeugen war weit und breit nichts mehr zu sehen. Auch der Jeep von Dr. Gromke war fort. Die Pferde des Birkenhofs hatten sich endlich an die Heuraufe erinnert und standen nun einträchtig fressend unter der alten Eiche beisammen. Nur das große Loch in der Eisdecke des Sees und die schmutzigen Flecken im aufgewühlten Schnee am Ufer kündeten noch davon, welches Drama sich hier vor kaum einer halben Stunde abgespielt hatte.

Muriel atmete tief durch und genoss das Gefühl eines glücklich überstandenen Abenteuers. Mit einem raschen Blick vergewisserte sie sich, dass die Feuerwehr Wort gehalten und den Zaun repariert hatte, dann machte sie sich auf den Weg zu ihrem Fahrrad – besser gesagt, sie wollte sich auf den Weg machen, denn Ascalon hatte etwas anderes im Sinn.

Als sie sich umdrehte und den Hügel hinaufgehen wollte, trabte das prächtige American Sattlebred den Hügel auf eine so bezaubernde Weise hinunter, wie es wohl nur der Abkömmling einer Showpferde-Rasse konnte. Die wallende weizenblonde Mähne und der buschige Schweif bewegten sich in perfekt fließendem Takt zu den Hufschlägen. Für den Bruchteil eines Augenblicks hatte Muriel das Gefühl, die Szene eines Kinofilms in Slow Motion zu sehen. Dann hatte die Wirklichkeit sie wieder und Ascalon begrüßte sie stürmisch, indem er sie immer wieder mit seinen samtweichen Nüstern anstupste.

»He, lass das. Ich muss zur Schule.« Muriel lachte, was ihre Worte nicht wirklich ernst klingen ließ. Sie versuchte sich an Ascalon vorbeizuschieben, aber der Wallach erwies sich als überaus geschickt und fand immer eine Möglichkeit, ihr den Weg zu versperren.

»Lass den Unsinn. Ich kann jetzt nicht bei dir bleiben.« Allmählich wurde Muriel ärgerlich. So ein aufdringliches Verhalten kannte sie von Ascalon gar nicht. Wenn er ihr damit seine Freude über Fannys gelungene Rettung kundtun wollte, war es garantiert der falsche Weg. Sie hatte es eilig und fror. Und Hunger hatte sie inzwischen auch. Zusammen mit dem Ärger, den sie in der Schule bekommen würde, waren das schon vier gute Gründe, Ascalon zu ignorieren.

Aber was sie auch tat, Ascalon ließ nicht locker. Im Gegenteil. Je weiter sie sich ihrem Mountainbike näherte, desto heftiger wurden seine Attacken, ganz so, als wollte er Muriel unter allen Umständen davon abhalten, zur

Schule zu fahren. Dabei schnaubte er unruhig und scharrte immer wieder ungeduldig mit dem Vorderhuf. Ein Verhalten, das er sonst nur an den Tag legte, wenn …

Muriel stutzte und lauschte in sich hinein, hörte aber nur ihren hämmernden Herzschlag. Erst als sie die Augen schloss und sich ein wenig entspannte, hörte sie den Ruf. Einen Ruf, dem sie schon einmal gefolgt war, in den letzten Sommerferien, ehe sie ein paar Wochen bei den Maya gelebt hatte …

Jetzt war er wieder da. Ein Irrtum war ausgeschlossen. SIE rief sie zu sich. SIE hatte eine Aufgabe für Ascalon und seine Reiterin. Ascalon musste den Ruf auch hören, wie lange schon, darüber konnte Muriel nur Vermutungen anstellen. Nun wusste sie endlich, warum er sich so unmöglich benommen hatte. Muriel war klar, dass sie keine Wahl hatte. Sie musste dem Ruf folgen – Schule hin oder her.

Dschingis Khan

Keine drei Minuten später saß Muriel auf Ascalons Rücken und preschte mit ihm den Hügel hinauf auf das Tor zu, in dessen Nähe ihr Mountainbike lehnte. Der See, der Hügel, die alte Eiche, die Pferde an der Heuraufe; all das blieb hinter ihnen zurück, als Ascalon aus dem gestreckten Galopp zum Sprung ansetzte und das mehr als anderthalb Meter hohe Tor mit geradezu spielerischer Leichtigkeit überwand.

Muriel hielt sich an der Mähne fest. Die Stille, die den Sprung begleitete, war ihr inzwischen ebenso vertraut wie das seltsame Gefühl der Zeitlupe, das immer in dem Augenblick einsetzte, wenn sich Ascalon mit seinen Hinterbeinen vom Boden abstieß.

Diesmal war es neben dem Tor auch ihr Mountainbike, das unendlich langsam an ihr vorbeizog. Der Rucksack mit den Schulsachen lag noch immer auf dem Gepäckträger.

Als Muriel ihn sah, regte sich in ihr ein schlechtes Gewissen. Eigentlich sollte sie längst in der Schule sein, bei Vivien und Nadine …

Vivien und Nadine. Obwohl sie wusste, dass sie mit Ascalon in eben dieser Minute zurückkehren und nichts verpassen würde, ganz gleich, wie lange ihr Abenteuer auch dauern mochte, überkam sie beim Klang der Namen schon jetzt ein Anflug von Heimweh.

Was bin ich nur für eine lausige Schicksalswächterin, schalt sie sich in Gedanken, dass ich die Entscheidung, der Schicksalsgöttin zu helfen, schon beim vierten Ritt anzweifle. Immerhin habe ich dafür das schönste und klügste Pferd der Welt bekommen. Und irgendwie bin ich ja auch gar nicht richtig weg, weil zu Hause niemand etwas von unserem Ausritt bemerken wird.

Mit einem sanften Ruck setzte Ascalon auf der anderen Seite des Tors auf und preschte in den Wald hinein. Muriel atmete tief durch und versuchte, ihr Augenmerk auf die wundersame Landschaft zu richten, die sie nun umgab. Die prächtigen Bäume und Sträucher mit ihrer Blütenpracht schienen weder Frost noch Schnee zu kennen. In der Heimat der Schicksalsgöttin, so schien es, herrschte immerwährender Frühling. Aber nicht einmal die milde Luft mit ihren lieblichen Düften konnte die Unruhe aus ihrem Herzen vertreiben, die sich dort hartnäckig festgesetzt hatte.

Muriel gab es nur ungern zu, aber es war nicht wirklich

nur das vermeintliche Heimweh, das sie quälte. Sie hatte Angst.

Die Schwierigkeiten, auf die sie während der Reise ins mittelalterliche Avalon gestoßen war, waren ihr noch gut in Erinnerung geblieben. Die Schmerzen, als die Blitze sie bei ihrem Ritt durch die Zeit getroffen hatten, der Sturz ins Nichts und die Todesängste. Dazu die Sorge, Ascalon verloren zu haben und auf ewig im Mittelalter gefangen zu sein. All das hatte sich tief in ihr Gedächtnis gebrannt, und obwohl das Abenteuer am Ende gut ausgegangen war, hatte es den Zeitreisen die Unbeschwertheit genommen. Das Vertrauen, mit dem Muriel ihre Reise zu den Maja angetreten hatte, war dahin. Sie wusste jetzt, dass weder Ascalon noch die Schicksalsgöttin sie davor bewahren konnten, dass etwas schiefging.

Wie von selbst wanderte Muriels Hand zum Halsausschnitt ihrer Jacke, unter der sie den silbernen Ring der Wächter an einer stabilen Kette um den Hals trug. »Der eine Ring«, wie Mirko ihn scherzhaft und in Anspielung auf den magischen Ring aus *Der Herr der Ringe* nannte, war seit dem letzten Abenteuer Tag und Nacht ihr ständiger Begleiter. Nie wieder wollte sie ohne ihn durch die Zeit reiten, nie wieder solche Ängste ausstehen, wie bei ihrem Besuch in Camelot, als sie den Ring zu Hause vergessen hatte. Er war ein Geschenk der Göttin und ihre Verbindung zu Ascalon. Das wusste außer ihr natürlich niemand. Alle dachten, sie hätte ihn auf dem Weihnachtsmarkt in Willenberg bei einem Kunsthandwerker erstanden. Die Moralpredigt ihrer Mutter über die sinnvolle Verwendung von Taschengeld, die sie sich mit der kleinen Notlüge eingehandelt hatte, hatte Muriel gern in Kauf genommen. Hauptsache, sie konnte den Ring offen tragen und lief nicht Gefahr, ihn noch einmal zu vergessen.

Mithilfe der beiden mystischen germanischen Schriftzeichen R und M, die in den Ring eingraviert waren, würde Ascalon sie immer und überall finden können – ganz gleich, was auch passieren würde. Muriel ertastete den Ring unter dem Stoff ihres Sweatshirts und ließ die Hand sinken, da wechselte der Hufschlag auch schon von einem harten in einen dumpfen, fast lautlosen Galopp.

Muriel schaute auf. Vor ihr lag die Lichtung.

So schnell schon? Tief in Gedanken versunken, hatte sie gar nicht mitbekommen, dass sie schon so weit geritten waren. Muriel spürte, wie sich trotz ihrer Ängste ein Gefühl des »Nach-Hause-Kommens« in ihr ausbreitete, als Ascalon aus dem Wald trat und über die von wogenden Nebelschleiern verhüllte Wiese auf die kleine Hütte zuritt, die mitten auf der Lichtung stand. Der Anblick der erleuchteten Fenster war Muriel inzwischen ebenso vertraut wie die helle Rauchfahne, die aus dem windschiefen Schornstein in das graue Zwielicht aufstieg.

Es war wie immer und doch anders. Bei ihrem ersten Besuch hatte sie sich gefürchtet, beim zweiten Ehrfurcht empfunden. Beide Male war sie sehr aufgeregt gewesen. An ihren dritten Besuch hingegen erinnerte sie sich nur ungern, weil sie den Zorn der Göttin zu spüren bekommen hatte.

Diesmal empfand sie weder Furcht noch Ehrfurcht und auch nicht die Anspannung, von denen ihre Besuche stets geprägt gewesen waren. Es schien, als habe die verwunschene Welt, die außer ihr kein anderer Mensch betreten konnte, ihren anfänglichen Zauber verloren. Ohne dass sie es bemerkt hatte, war sie zu einem Teil ihrer Realität geworden, so wie sie Ascalon mit seinen außergewöhnlichen Fähigkeiten inzwischen auch nicht mehr als etwas Besonderes ansah.

Ganz unvermittelt erinnerte sich Muriel an einen Fernsehbericht über einen Astronauten, der schon zum vierten Mal auf der Raumstation ISS gearbeitet und Ähnliches berichtet hatte. Auch er hatte dem erstaunten Journalisten versichert, dass der unglaublichste und wohl außergewöhnlichste Arbeitsplatz der Welt für ihn eigentlich nichts Besonderes mehr war. Der Flug dorthin und die Arbeit im Weltraum waren für ihn schon fast zur Routine geworden. Damals hatte Muriel das nicht verstehen können, doch jetzt wusste sie, wie er es gemeint hatte. Im Kleinen ließ es sich vielleicht mit dem absolut unwiderstehlichen Erdbeereis vergleichen, das Teresa im Sommer manchmal selbst herstellte. Zuerst konnten alle nicht genug davon bekommen und schlugen sich die Bäuche voll, aber wenn man es dann drei Tage hintereinander gegessen hatte, war der Heißhunger darauf plötzlich verflogen.

Ein ganz klein wenig Herzklopfen hatte sie aber dennoch, als Ascalon vor der Tür der Hütte stehen blieb und diese, wie von Geisterhand, vollkommen lautlos aufschwang. Muriel betrat die baufällige Hütte und fand sich in einem kuppelförmigen aus kostbarem Marmor und glänzenden Fliesen errichteten Innenraum wieder, der so groß war, dass er eigentlich unmöglich Teil der winzigen Hütte sein konnte. Aber auch hier wollte sich das ehrfürchtige Erstaunen nicht einstellen, das Muriel sonst immer verspürt hatte. Dies war das Heim der Schicksalsgöttin. Sie hatte gewusst, was sie erwartete und nahm es als selbstverständlich hin.

»Muriel … endlich!« Ungeduld schwang in der Stimme der Schicksalsgöttin mit, als sie Muriel erblickte und auf sie zukam. »Ich warte schon auf dich.«

»Tut mit leid, ich wurde aufgehalten.« Muriel fragte sich im Stillen, wie es möglich sein konnte, an einem Ort, an dem die Zeit keine Macht hatte, auf etwas zu warten.

In wenigen knappen Sätzen erzählte sie von Fannys Rettung. »Aber das wissen Sie ja sicher alles schon. Ich bin gekommen, so schnell ich konnte«, sagte sie abschließend, schaute die Göttin an, lächelte und fragte: »Also, wo brennt es diesmal?«

Die Schicksalsgöttin ließ sich mit der Antwort Zeit. Sie führte Muriel wieder zu den Korbstühlen am Kamin, deutete auf einen davon und sagte dann: »In der Mongolei*.«

»In der Mongolei?« Muriel runzelte die Stirn. Dass die Göttin so direkt antwortete, war ungewöhnlich. Sie schien es wirklich eilig zu haben. Während sie es sich in dem Korbstuhl bequem machte, versuchte Muriel in aller Eile abzurufen, was sie über die Mongolei wusste. Das Bild eines kargen und hügeligen Landes erschien vor ihrem geistigen Auge. Eine baumlose Steppe, so weit das Auge reichte. Das Wort »Jurte« kam ihr in den Sinn und sie glaubte sich zu erinnern, dass so die runden Häuser der Mongolen genannt wurden. Nadine hatte vor Kurzem behauptet, dass die Mongolen im Winter die Fohlen ihrer Pferde mit in die Hütten nahmen, um sie vor der eisigen Kälte zu schützen.

Viel mehr wusste sie allerdings nicht über das Land und die Leute, die dort lebten – nur über die Pferde war ihr noch ein wenig mehr bekannt. Muriel besaß ein Buch über Pferderassen, in dem der Rasse der kleinen gedrungenen Pferde eine Doppelseite gewidmet war. Die Tiere ähnelten sehr den Wildpferden, galten als genügsam und ausdauernd und sollten im Gelände besonders trittsicher sein. Im Internet hatte sie irgendwo einmal gelesen, dass es in der Mongolei sogar mehr Pferde als Menschen geben sollte. Das war für sie so faszinierend, dass sie es nicht wieder vergessen hatte. Doch so sehr sie auch überlegte, sie fand keinen einzigen Grund, warum die Schicksalsgöttin sie ausgerechnet in die Mongolei schicken wollte. Abgesehen von den vielen Pferden erschien ihr das Land absolut langweilig – warum sollte sie die Schicksalsgöttin gerade dorthin beordern?

»Du siehst so erstaunt aus.« Die Schicksalsgöttin schaute Muriel aufmerksam an.

»Die Mongolei ist ... nicht gerade spannend, oder?«, sagte Muriel. »Viele Pferde. Aber sonst ...?«

»Ja, heute ist sie das in deinen Augen vielleicht.« Die Göttin nickte schmunzelnd. »Aber früher war das einmal ganz anders.«

»Wann früher?« Nun wurde Muriel doch neugierig.

»Vor etwa achthundert Jahren. Sagt dir der Name Dschingis Khan etwas?«

»Nein.« Muriel schüttelte den Kopf, stutzte dann aber und korrigierte sich: »Ja, doch. Meine Mutter hat auf einer ihrer CDs ein Lied, das so heißt. Wir haben es auf unserer Silvesterparty mindestens drei Mal angehört.«

»Ein Lied?«

»Ja, so ein Partysong.« Muriel überlegte kurz und zitierte dann: »Der geht ungefähr so: Sie ritten um die Wette mit dem Steppenwind. Tausend Mann – Uh – Ah. Und einer ritt voran, dem folgten alle blind. Dschingis Khan ...«

»Nun ja ...« Die Göttin lächelte. »Das ist zwar nicht gerade eine historisch fundierte Quelle, beschreibt aber trotzdem ganz gut, wer Dschingis Khan war.«

»Ein König?«

»Ein Fürst der Mongolen.« Die Schicksalsgöttin nickte. »Vielleicht der wichtigste überhaupt. Er war der Erste, dem es gelang, die vielen oft zerstrittenen mongolischen Stämme dauerhaft zu einem Volk zu vereinen. Und mehr noch. Unter seiner Herrschaft als Großkhan gelang es dem Volk aus Hirten, Fischern und Jägern weite Teile Zentralasiens und Nordchinas zu erobern. Ihr Reich erstreckte sich im Osten bis an das Japanische und im Westen bis zum Kaspischen Meer.«

»Das ... ist ziemlich groß.« Muriel versuchte sich nicht anmerken zu lassen, dass sie nicht wirklich eine Vorstellung davon hatte, wie groß das Reich damals gewesen sein mochte. Eine Karte, wie sie im Geschichtsunterricht verwendet wurde, wäre hilfreich gewesen, aber so etwas gab es hier sicher nicht.

»Es war riesig«, stimmte die Göttin ihr zu. »Wenn man bedenkt, wie lange es damals dauerte, einen Befehl oder eine Botschaft von einem Ende des Reiches bis zum anderen zu bringen, erscheint es geradezu unglaublich, dass die Stämme sich nicht gegen ihren Großkhan auflehnten und das Reich wieder in kleine Stammesgebiete zerfiel.«

»Die Mongolen haben doch schnelle Pferde«, bemerkte Muriel.

»Das stimmt, aber das war nicht der Grund dafür, dass alle Mongolen Dschingis Khan so bedingungslos folgten.«

»Nicht? Was dann?«

»Magie!«

»Magie?« Muriel zog die Stirn kraus. »Aber die gibt es in meiner Welt doch gar nicht.«

»Nein, eigentlich gibt es sie nicht«, räumte die Göttin ein. »Und in deiner Zeit schon gar nicht. Aber weißt du, manchmal gab und gibt es sie eben doch.« Sie zwinkerte Muriel zu. »Auch Ascalon trägt Magie in sich, sonst könnte er dich nicht durch die Zeit tragen. Magie, die ich ihm geschenkt habe. Und es ist nicht das erste Mal in der Geschichte, dass wir Götter uns so einen kleinen Eingriff erlaubt haben. Wenn es meinen Brüdern und Schwestern gefiel, beschenkten sie einige wenige auserwählte Menschen mit magischen Artefakten, um zu sehen, wie es sich auf die Entwicklung der Menschheit auswirkte. Es mag in deinen Ohren vielleicht empörend klingen, aber es gab Zeiten, in denen wir mit euch ein wenig experimentiert haben. Die Menschheit war noch jung und wir waren neugierig. Wir wollten herausfinden, wie ihr euch verhaltet, wenn dieses oder jenes Ereignis eintritt oder wenn wir einigen von euch ein wenig mehr Macht geben als anderen. Was auch immer geschah, jedes Mal gab es Gewinner und Verlierer, und manchmal wurden in diesen Hallen sogar Wetten darüber abgeschossen, ob ein Volk untergehen oder überleben würde.«

»Ist das fies.« Muriel konnte nicht glauben, was sie da hörte. »Da können wir ja echt froh sein, dass die Götter fortgegangen sind.«

»Nun, wie man es nimmt. Sie taten ja auch viel Gutes.«

Die Göttin räusperte sich vernehmlich. »Wie auch immer. Diese Zeiten sind schon lange Geschichte. Aber manchmal hallen sie noch nach. So wie in diesem Fall.«

»Heißt das, dieser Dschingis Khan war auch so ein *Experiment?*«

»Nicht direkt.« Es war nicht zu überhören, dass die Göttin nach den richtigen Worten suchte. »Obwohl, na ja, irgendwie schon. Nach vielen gescheiterten Versuchen, aus den Mongolen ein geeintes Volk zu machen, beschlossen die Götter ein wenig nachzuhelfen«, räumte sie schließlich ein. »Dschingis Khan erhielt bei seiner Geburt nicht umsonst den Namen Temüjin, was in der Sprache der Tartaren so viel bedeutet wie ›der Schmied‹. Von Geburt an hatten die Götter bestimmt, dass er es sein sollte, der sein Volk zu neuer Größe führt. Damit er dieser Aufgabe gewachsen war, ließen sie ihn leiden. Sein Vater wurde vergiftet, als Dschingis Khan noch sehr klein war. Seine Familie verlor alles und musste fliehen. Auf einer dieser Fluchten wurde er gefangen genommen, wie ein Sklave gehalten und aufs Tiefste gedemütigt. Dies und noch vieles mehr ließen die Götter ihn erleiden, damit er jene Eigenschaften erlangte, die mächtige Männer in allen Kulturen auszeichnet: Ehrgeiz und Härte, ein Gespür für den richtigen Augenblick, aber auch die Fähigkeit zu verhandeln.

Als er all dies erlangt hatte, schenkten die Götter ihm am heiligen Berg Burchan Chaldun ein magisches Amulett, das ihm Macht über andere verlieh und ihm Erfolg bescherte, woran seine Vorfahren gescheitert waren. Von diesem Tag an konnte sich niemand der Kraft seiner Ausstrahlung entziehen. Alle sahen zu ihm auf und folgten ihm bedingungslos durch Kriege, Leid und Entbehrungen. Mit Freude gaben sie ihr Leben für den Großen Khan und das gemeinsame Ziel ...«

»Es ist das Amulett. Habe ich recht?« Endlich verstand Muriel, warum die Göttin sie gerufen hatte. Wie immer ging es auch diesmal um eine verschollene Kostbarkeit, die die Archäologen irgendwo auf der Welt zutage gefördert hatten, obwohl sie eigentlich nicht hätte gefunden werden dürfen. Wie die Codices der Maya oder der Schlüssel zum magischen Reich Avalon sollte auch diesmal etwas aus dem früheren Reich des Mongolenfürsten nicht in die Hände der Wissenschaftler fallen.

»Ist es sehr wertvoll?«, fragte sie. »Ein Schatz?«

»O ja, es ist sehr wertvoll.« Die Göttin nickte. »Sicher würden viele es als einen Schatz bezeichnen, auch wenn sich sein Wert nicht in Gold ermessen lässt, sondern in der Macht, die es seinem Besitzer über andere Menschen verleiht.«

»Dann soll ich sicher das Amulett austauschen?«, vermutete Muriel.

»Nein, nicht das Amulett.« Die Schicksalsgöttin schüttelte den Kopf. »Ein Dokument, das den Forschern den Weg zum Grab des Großen Khan weisen würde. Denn dort würden sie auch das Amulett finden.«

»Ist das nicht ein bisschen umständlich?«, fragte Muriel. »Wenn es nur darum geht, das Amulett zu beschützen, sollten wir es vielleicht doch einfach austauschen. Das hat bei dem Schlüssel von Avalon doch gut geklappt.«

»Das habe ich auch schon erwogen.« Die Göttin nickte. »Aber es geht nicht. Dschingis Khan legte das Amulett niemals ab. Du würdest ihm nie so nahe kommen, dass du das Amulett austauschen könntest, ohne selbst in Lebensgefahr zu geraten.« Sie senkte die Stimme und sagte dann: »Der Legende nach haben tausend Reiter mit den Hufen ihrer Pferde seine letzte Ruhestätte eingeebnet. Nach ihrer Rückkehr sollen sie sofort hingerichtet worden sein, damit sie den genauen Ort niemandem verraten konnten – so wie es auch mit allen anderen geschah, die den Großen Khan auf seiner letzten Reise begleiteten.«

»O.« Muriel schluckte trocken.

»In Wirklichkeit waren es natürlich nicht ganz so viele«, fügte die Göttin hinzu. »Aber es ist wahr. Die Mongolen haben alle getötet, die von dem Grab wussten.« Sie machte eine bedeutungsvolle Pause. »Alle, bis auf einen.«

Der Plan

»Baku war zu Zeiten Dschingis Khans noch ein Junge, kaum älter als du selbst«, begann die Göttin zu erzählen. »Er war dabei, als Dschingis Khan unmittelbar vor Beginn eines Feldzugs gegen die Tanguten vom Pferd stürzte. Und auch, als dieser kurz darauf seinen Verletzungen erlag. Heimlich verfolgte er die Reiter, die den Mongolenfürsten zu seinem Grab begleiteten, und wurde Zeuge, wie diese nach der Bestattung getötet wurden. Aus Furcht, dass ihm dasselbe widerfahren könnte, schwieg er sein Leben lang über das, was er gesehen hatte, vergaß es aber nie. Um das Wissen für die Nachwelt zu bewahren, zeichnete er im Greisenalter schließlich eine Karte, die ihm mit vielen anderen Beigaben ins Grab gelegt wurde.« Die Göttin schaute Muriel eindringlich an. »Sein Grab ist es, das die Forscher nun gefunden haben. Glaube mir, ich habe alles versucht, um die Expedition scheitern zu lassen, aber der

Ausgrabungsleiter ist so fest davon überzeugt, das Grab des Großen Khan gefunden zu haben, dass er allen Stürmen, Unfällen und Krankheiten getrotzt hat. Er ist wirklich ein zäher Bursche, das muss man ihm lassen.«

»Aber noch hat er das Grab von Dschingis Khan nicht gefunden«, versicherte sich Muriel noch einmal, weil sie sich nicht sicher war, alles richtig verstanden zu haben.

»Nein, das hat er nicht. Es ist das Grab von Baku. Das Grab mit der Karte.«

»Dann steht er kurz davor, das Geheimnis zu lüften.« Muriel nickte.

»Nicht, wenn wir es verhindern können.«

»Dann tausche ich die Karte aus, so wie ich es bei den Maya getan habe«, schlug Muriel vor.

»Auch das wird nicht möglich sein.« Die Göttin schüttelte den Kopf. »Bakus Spur verliert sich in der Zeit. Ich hielt ihn damals für unwichtig und schenkte ihm keine Beachtung, obwohl ich wusste, dass er der einzig lebende Zeuge des Begräbnisses war. Erst als das Gräberfeld nahe der Stadt Batshireet entdeckt wurde, habe ich mich wieder an ihn erinnert und ein wenig nachgeforscht. Durch Zufall habe ich von der Karte erfahren. Seitdem versuche ich, Baku in der Zeit ausfindig zu machen und etwas über sein Leben zu erfahren. Aber das ist so gut wie unmöglich. Ein paar Tage nach dem Tod von Dschingis Khan ist er verschwunden und war seitdem wie vom Erdboden verschluckt.«

»Wie ist das möglich?« Muriel schaute die Göttin erstaunt an. »Ich meine, Sie sind eine Göttin. Sie können alles.«

»Alles leider nicht.« Ein dünnes Lächeln umspielte die Lippen der Schicksalsgöttin. »Baku muss sich wirklich sehr gefürchtet haben, nicht nur vor seinem eigenen Volk, auch vor den Geistern der Toten, vielleicht sogar vor dem toten Khan selbst. Ich vermute, er hat einen Schamanen aufgesucht, der seine Spuren mit einem Zauber verwischt hat und ihn für Götter und Geister unsichtbar werden ließ. Dieser Zauber muss sehr mächtig gewesen sein. Er hielt viele Jahre an, erst Bakus Tod nahm ihm die Macht.«

»Aber wenn er die Karte erst so spät geschrieben hat, können wir doch gar nichts machen. Es sei denn, Sie schicken mich als Grabräuberin ins 16. Jahrhundert und ich plündere das Grab.«

»Muriel, was habe ich dir gesagt?«

»Dass ich die Vergangenheit nicht verändern darf?« Muriel kannte die Antwort sehr wohl, formulierte sie aber trotzdem als Frage.

»Genau.« Die Göttin nickte, lächelte aber nicht. »Was, meinst du wohl, würde passieren, wenn die Bewohner von Batshireet die Spuren sehen würden, die du als Grabräuber hinterlassen würdest?«

»Sie würden vermuten, dass Schätze in den Gräbern sind und selbst Grabungen anstellen«, überlegte Muriel laut. »Sie würden die Grabschätze finden, die Stadt und seine Bewohner würden reich werden und …«

»… nichts wäre dort mehr so, wie es heute ist«, beendete die Göttin den Satz für Muriel. »So oder so ungefähr würde es wohl ablaufen. So geht es also nicht.«

»Stimmt.« Muriel seufzte. »Daran habe ich nicht gedacht. Und was jetzt?«

»Du musst Baku treffen, ehe sich seine Spur verliert«, sagte die Göttin. »Ich werde dich ins Lager des Dschingis Khan schicken, kurz bevor dieser stirbt. Baku ist zu der Zeit nicht viel älter als du. Du musst versuchen, sein Vertrauen zu gewinnen. Freunde dich mit ihm an. Wenn er das Begräbnis beobachtet hat, musst du ihm dieses hier in ein Getränk mischen.« Wie aus dem Nichts erschien ein winziges Fläschchen in der Hand der Göttin, in dem eine kirschrote Flüssigkeit zu sehen war.

»Was ist das?«, fragte Muriel.

»Ein Trank, der seine Erinnerungen trübt«, erklärte die Göttin. »Wenn er es getrunken hat, wird Baku nicht mehr wissen, ob er nun nach Osten oder Westen geritten ist. Ob das Grab auf einem Hügel oder in einem Tal liegt. Er wird alles durcheinanderbringen, und wenn er dann die Karte zeichnet, wird sie nicht mehr wert sein als die Lederhaut, auf die sie gezeichnet wurde.«

»Schlau.« Muriel grinste. »Dann finden die Forscher wieder mal ein Original, das dennoch alle Geheimnisse bewahrt.«

»So ist es.« Die Göttin nickte und fuhr fort: »Nun höre mir gut zu: Es ist ganz wichtig, dass du Baku den Trank verabreichst, nachdem er das Geschehen beobachtet hat. Je eher, desto besser. Sonst löscht der Zauber womöglich die falschen Erinnerungen aus. Das bedeutet, dass du Baku begleiten musst, wenn er das Begräbnis des Khan beobachtet. Traust du dir das zu?«

»Klar! ... Obwohl ...« Muriel schaute prüfend auf ihre Hände. »Wie eine Mongolin sehe ich nun wirklich nicht aus. Und was ist mit Ascalon? Der sieht auch nicht aus wie ein Steppenpferd. Mit ihm falle ich doch sofort auf.«

»Das sind richtige und wichtige Gedanken.« Die Göttin lächelte. »Aber du musst dir keine Sorgen machen, diesmal wird sich auch dein Gesicht den Gegebenheiten anpassen. Du wirst aussehen wie eine richtige Mongolin. Dein Name wird Ojuna sein. Du wirst dich als die Tochter einer Fischerfamilie ausgeben, der der Himmelsgott Tengri* im Traum erschien und die Aufgabe übertrug, dem Großen Khan ein Geschenk der Götter zu überbringen. Ein Pferd, so prächtig, wie es niemals zuvor ein Mongolenfürst besessen hat.«

»Ich ... ich soll Ascalon verschenken?« Fassungslos starrte Muriel die Schicksalsgöttin an. »Das ist nicht Ihr Ernst – oder?«

»Es ist der einzige Weg.« Die Göttin schaute Muriel an. »Nur so könnt ihr beide euch dem Stamm anschließen, bis deine Aufgabe erfüllt ist. Die andere Möglichkeit wäre, dass du ohne Ascalon versuchst, Anschluss zu bekommen, aber das wird vermutlich sehr viel länger dauern und dich für lange Zeit von ihm trennen.«

»Sie haben gesagt, dass alle getötet wurden, die bei der Beerdigung von Dschingis Khan dabei waren«, sagte Muriel. »Was geschah mit den Pferden? Wurden sie auch getötet? Was ist, wenn die Mongolen Ascalon etwas antun? Immerhin gehört er dann dem Großen Khan. Da könnte es doch sein, dass er diesen auch auf seinem letzten Ritt begleiten soll.«

»Ich verstehe deine Bedenken. Bei manchen Kulturen war es tatsächlich üblich, Besitztümer wie Pferde und übrigens auch die Ehefrauen gemeinsam mit den verstorbenen Herrschern zu bestatten. Aber keine Sorge, so weit wird es nicht kommen.« Die Göttin lächelte. »Vergiss nicht, dass Ascalon ein sehr kluges Pferd ist. Er weiß um die Gefahr und wird rechtzeitig fliehen. Da kannst du ganz beruhig sein.«

»Heißt das, Sie haben es ihm schon erzählt?«

»Ascalon weiß Bescheid und ist einverstanden.«

»Ich habe trotzdem kein gutes Gefühl dabei.« Muriel seufzte. »Das letzte Mal ist so viel schiefgegangen ...«

»Ja, das ist wahr. Aber weißt du, solche schlechten Erfahrungen gehören zum Leben dazu. Woher sollen wir wissen, dass Messer scharf sind, wenn wir uns nicht ein einziges Mal daran geschnitten haben? Wem immer nur Gutes widerfährt, der lernt nicht, vorsichtig zu sein. Bei deinem letzten Ritt ist einiges nicht ganz so gelaufen, wie es hätte sein sollen, das stimmt. Diese Missgeschicke haben dir die Gefahren einer Zeitreise besser vor Augen geführt, als ich es mit Worten je vermocht hätte. Es ist nur natürlich, dass es dir jetzt ein wenig an Mut und Zuversicht mangelt, auch wenn am Ende alles gut ausgegangen ist. Wenn du daraus aber den Schluss ziehst, zukünftig mit Respekt und Vorsicht an so ein Abenteuer heranzugehen, war die Lektion erfolgreich.«

Muriel sagte nichts. Schweigend starrte sie in die Flammen des Kaminfeuers und dachte über das nach, was die Göttin gesagt hatte. Irgendwie hatte sie recht, andererseits ließ sich eine Zeitreise nicht wirklich mit den Gefahren eines Messers vergleichen.

»Du bist nicht allein«, hörte sie die Göttin in ihre Gedanken hinein sagen. »Und bedenke auch, dass Ascalon bei deinem letzten Ritt sehr geschwächt war. Jetzt ist er kräftig, ausgeruht und voller Tatendrang. Der Sprung in die Vergangenheit ist für ihn ein Kinderspiel. Bei den Mongolen wird er immer in deiner Nähe sein und über dich wachen. Sollte etwas Unvorhergesehenes eintreten, wird er dich sofort zurückbringen.«

»Also gut.« Muriel straffte sich und nickte. »Ich versuche es. Ich habe mir Abenteuer gewünscht und Abenteuer bekommen. Die Unsicherheiten gehören wohl dazu, sonst wäre es ja eine Urlaubsreise und kein Abenteuer.«

»Das hast du gut erkannt.« Die Göttin lächelte. »Es gibt

zwei Sorten von Menschen«, sagte sie. »Die einen suchen Sicherheit und Beständigkeit, sie bauen ein Haus, gründen eine Familie und leben ihr Leben in gewohnten Bahnen. Die anderen sind rastlos und durchaus bereit, Neues zu wagen. Sie sind es, denen die Zukunft gehört, denn jeder Fortschritt erfordert Mut. Viele von ihnen haben Großes geleistet und sind reich und berühmt geworden, andere hingegen haben alles verloren.«

»Und zu welcher Art Mensch gehöre ich?«, fragte Muriel, die sich über derartige philosophische Fragen noch keinerlei Gedanken gemacht hatte.

»Kannst du dir das nicht denken?« Wieder umspielte ein dünnes Lächeln die Lippen der Göttin. »Ascalon erwählt immer einen der Mutigen und Rastlosen«, sagte sie. »Er besitzt ein feines Gespür dafür, wem er vertrauen kann.«

»Dann werde ich ihn nicht enttäuschen.« Muriel bemühte sich um eine feste Stimme und erhob sich. Der Gedanke, Ascalon an die Mongolen zu verschenken, gefiel ihr zwar immer noch nicht, aber sie beschloss, ihre Zweifel für sich zu behalten. Wenn Ascalon ihr sein Vertrauen schenkte, wollte sie ihm das ihre nicht vorenthalten. Sie wollte glauben, dass alles gut ausgehen würde, und vertraute darauf, dass der Plan der Göttin aufging.

Gemeinsam verließen sie die Hütte, Ascalon erwartete sie schon. Als die Tür sich öffnete, schaute er hoch und kam auf Muriel zu, als könnte er es nicht erwarten, endlich aufzubrechen. Behände schwang sich Muriel auf seinen Rücken.

»Hier!« Die Göttin reichte ihr einen grob genähten Lederbeutel, in dem sich das Fläschchen mit dem Trank des Vergessens befand. »Pass gut darauf auf. Ich habe den Trank eigens für deine Reise hergestellt. Einen Ersatz gibt es nicht.«

»Keine Sorge, ich werde vorsichtig sein.« Muriel wollte den Lederbeutel wie selbstverständlich in ihre Jackentasche stecken, so wie sie es mit ihrem Haustürschlüssel und anderen Dingen auch immer tat, aber die Göttin hielt sie zurück. »Nicht da hinein!«, sagte sie und legte mahnend die Hand auf Muriels Arm. »Du weiß doch, was unterwegs mit der Jacke geschieht.«

»O!« Muriel errötete. Wie peinlich. Kaum hatte sie behauptet, vorsichtig zu sein, tat sie genau das Gegenteil. Dass die Jacke verschwinden und sie bei ihrer Ankunft die Kleidung einer Mongolin tragen würde, hatte sie nicht bedacht. Stirnrunzelnd schaute sie den Lederbeutel an. »Und was mache ich jetzt damit?«

»Binde die Schnur um dein Handgelenk«, riet die Göttin. »Der Beutel stammt aus der Zeit, in die du reiten wirst. Er wird den Ritt unbeschadet überstehen.«

»Und die Flasche?« Plötzlich kamen Muriel Zweifel, ob es zu Zeiten von Dschingis Khan schon Glasflachen gegeben hatte. Wenn sich das Gefäß während des Zeitsprungs in Nichts auflöste, war ihre Mission gescheitert, ehe sie begonnen hatte.

»Sie wird bestehen«, hörte sie die Göttin in ihre Gedanken hinein sagen. »Ein Zauber schützt sie vor den Gesetzen der Zeit, solange sich die Flüssigkeit in ihr befindet. Sobald du deinen Auftrag ausgeführt hast, wird sich die Flasche jedoch auflösen.«

»Ein Zauber? Echt?« Muriel staunte. »Beweismittel, die sich selbst vernichten. Nur gut, dass die Verbrecher im 21. Jahrhundert so etwas noch nicht kennen.« Sie hätte gerne noch mehr über die wundersamen Eigenschaften der Flasche erfahren, aber die Göttin ging nicht näher darauf ein, sondern fragte nur: »Seid ihr bereit?«

Ascalon schnaubte und scharrte wie zur Antwort ungeduldig mit den Hufen. »Ascalon ist wohl so weit«, meldete Muriel überflüssigerweise. »Und ich bin es auch!«

»Dann bleibt mir nur, euch viel Erfolg zu wünschen«, sagte die Göttin und fügte hinzu. »Wenn ihr scheitert, ist die Welt in großer Gefahr.«

»Warum?«

»Kannst du dir das nicht denken?« Die Göttin schaute zu Muriel auf. »Ein Amulett mit solcher Macht über Menschen in den Händen eines Wissenschaftlers, der nicht zögern würde, die verheerenden Waffen einzusetzen, die eure Forscher entwickelt haben, vermag großes Unheil anzurichten.«

»Stimmt. Daran habe ich noch gar nicht gedacht.« Erst

jetzt verstand Muriel wirklich, warum das Grab des Dschingis Khan auf keinen Fall gefunden werden durfte. »Ich werde mein Bestes tun«, versprach sie feierlich und fügte dann leiser hinzu: »Natürlich ohne etwas in der Vergangenheit zu verändern.«

»Dann ist es gut.« Die Schicksalsgöttin schenkte Muriel ein aufmunterndes Lächeln und strich Ascalon liebevoll mit der Hand über das dunkelbraune Fell. »Viel Glück alter Freund«, sagte sie zärtlich. »Wieder einmal liegt es an dir und Muriel, über die Zukunft zu wachen.«

Ojuna

Ascalon trabte an.

Kraftvoll hallte der Zweitakt der Hufe in Muriels Ohren wider. Die Hütte blieb hinter ihnen zurück und verschwand im Nebel, während der ferne Waldrand vor ihnen aus dem allgegenwärtigen Grau auftauchte. Ascalon wechselte vom Trab in den Galopp. Der Zweitakt ging in einen schnellen Dreitakt über und Muriel spürte, dass sich auch ihr Herzschlag beschleunigte.

Gleich ist es so weit, dachte sie. Gleich wird Ascalon abspringen und in die Welt zwischen den Zeiten eintauchen.

Bei dem Gedanken schien sich ein eiserner Ring um ihre Brust zu legen, der ihr das Atmen schwer machte. Die Finger hatte sie, ohne es zu bemerken, so fest in Ascalons Mähne gekrallt, dass die seidigen Haare ihr in die Haut schnitten. Sie wusste, dass es jetzt kein Zurück mehr gab, und obwohl sie sich der Göttin gegenüber mutig und zuversichtlich gegeben hatte, spürte sie nun wieder diese Angst ...

Hab keine Furcht. Ich passe auf.

Muriel wurde warm ums Herz als Ascalons Gedanken sie erreichten. Hier, jenseits der realen Welt, war sie ihm so nah, wie nirgendwo sonst. Und obwohl es keine richtigen Worte waren, die Ascalon ihr sandte, verstand sie die Botschaft so mühelos, als hätte er wirklich zu ihr gesprochen. Gefühle schwangen darin mit. Zuneigung, Zuspruch und die Zuversicht, dass diesmal alles gut gehen würde, spendeten Muriel Trost und drängten die Angst zurück, die sich nach den furchtbaren Erlebnissen des letzten Ritts in ihr festgesetzt hatte.

Dankbar nahm Muriel die Hilfe an, die Ascalon ihr anbot, und so blieb die befürchtete Panik aus, als er seine Muskeln spannte und mit einem mächtigen Satz mitten in die finsteren und eisigen Gefilde hineinsprang, die die verschiedenen Zeitebenen voneinander trennten.

Muriel war froh, dicke Winterkleidung zu tragen, die sie wenigstens für einen Teil der Reise vor der Kälte schützen würde. Ihre Freude steigerte sich sogar noch, als sie sah, wie mühelos Ascalon diesmal zum Schutz vor den Blitzen, die sie wie bei jedem Ritt durch die Zeit auch diesmal aufzuhalten versuchten, jene leuchtende Hülle formte, die die gefährlichen Strahlen von ihnen fernhielt. Wie schon bei den anderen geglückten Ausritten in die Vergangenheit begann Ascalons Fell auch diesmal silbern zu schimmern, als er die Energie der Blitze in sich aufnahm und daraus die magische Kugel entstehen ließ. Und wie damals konnte Muriel den Blick nicht von den herrlichen Mustern abwenden, welche die Blitze bei jedem Einschlag auf die schützende Hülle zeichneten. Es war so faszinierend wie ein Feuerwerk zu Silvester, nicht ganz so bunt, aber auch ein wenig beängstigend und schön zugleich.

Je länger die Reise andauerte, desto mehr entspannte sich Muriel. Ihre Sorge, dass die magische Hülle den Blitzen nicht standhalten würde, erwies sich als unbegründet. Ascalon bewegte sich so kraftvoll durch die Zeit, als gäbe es für ihn weder Müdigkeit noch Erschöpfung. Er war ausgeruht und voller Tatendrang und etwas von seinem Wesen schien auch auf Muriel abzufärben. Allmählich gewann sie ihre Zuversicht zurück, aber gerade als sie begann, die Reise zu genießen, neigte sich diese schon ihrem Ende entgegen. Die leuchtende Kugel verblasste in dem Maße, wie die Blitze schwächer wurden. Während Ascalon immer langsamer wurde, nahm sein Fell wieder die natürliche Farbe an. Als ein diffuses Licht, das keinen Ursprung zu haben schien, allmählich Konturen in der Umgebung erkennen ließ, unterzog sich Muriel einer kurzen Inspektion.

Es überraschte sie nicht, dass die Winterjacke weg war, denn das kannte sie schon von ihren vorangegangenen Zeitreisen. Auch die Jeans, die Stiefel, Schal, Mütze und Handschuhe, ja sogar das Sweatshirt und das T-Shirt, das sie darunter getragen hatte, waren verschwunden. Muriel nahm es gelassen. Sie wusste, dass die Kleidungsstücke nicht wirklich verloren waren. Irgendwann auf dem Rückweg würden sie zu ihr zurückfinden.

Außerdem war sie ja nicht nackt. Soweit sie es erkennen konnte, trug sie statt der Jeans eine fellgefütterte Hose aus hellem Leder und darüber eine Art langen Rock mit Schlitzen an der Seite, die ihr das Reiten ermöglichten. Die Lederjacke, die ihre Daunenjacke ersetzte, war zwar nicht so bequem, aber mindestens ebenso warm. Auch hier lag das Fell wärmend auf der Innenseite und kitzelte sie dort, wo das grobe baumwollene Untergewand die Haut nicht schützte. Ihre Füße steckten in kunstvoll bestickten und warm gefütterten Lederstiefeln, die ähnlich wie die Jacke und die Hose gearbeitet waren. So angezogen fühlte Muriel sich fast wie ein Inuitmädchen. Wie zufällig streifte ihr Blick ihre Hände, deren Haut jetzt viel dunkler war als noch auf der Lichtung. Offenbar hatte sich diesmal tatsächlich viel mehr verändert als nur ihre Kleidung. Auf der Suche nach weiteren Beweisen entdeckte sie aus den Augenwinkeln eine schwarze Haarsträhne, die ihr ins Gesicht fiel. Die Göttin hatte nicht zu viel versprochen. Ihr Aussehen hatte sich wirklich der fremden Kultur angepasst. Muriel bedauerte, keinen Spiegel bei sich zu haben. Zu gern hätte sie einmal ihr Gesicht gesehen. Es fühlte sich an wie immer, aber sie war überzeugt, dass es die Züge einer echten Mongolin trug.

Als Ascalons Hufe den Boden berührten und er sie in die ferne fremde Welt trug, war sie froh um jeden Zentimeter Fell, der ihren Körper schützte. Denn der eisige Wind empfing sie wie ein wildes und wütendes Tier. Hastig setzte Muriel die Kapuze auf und knotete die Lederbänder unter dem Kinn fest zusammen. Hatte sie sich am Morgen noch über die Kälte beklagt, die in Willenberg herrschte, erschienen ihr die winterlichen Temperaturen zu Hause in diesem Augenblick geradezu paradiesisch. Sie hatte keine Ahnung, wie kalt es hier sein mochte, aber es war eindeutig zu kalt und der schneidende Wind tat ein Übriges, um dieses Gefühl noch zu verstärken. Nur mit Mühe konnte Muriel ein Zähneklappern unterdrücken. Wenn sie nicht bald ein Haus mit einem wärmenden Feuer oder wenigstens etwas Schutz vor dem Wind und den wirbelnden Eiskristallen fanden, würde ihr Ritt in diesem kargen und lebensfeindlichen Land ein schnelles und bitteres Ende finden.

Muriel beugte sich nach vorn, bis sie Ascalons Ohr ganz nahe war. »Bring uns hier raus, Ascalon«, bat sie schlotternd und bemerkte, dass auch der Wallach zitterte. Ascalon schnaubte und schüttelte die mit tausenden von Eiskristallen bedeckte Mähne. Sein Atem entfloh den Nüstern als heller Dampf, den der Wind augenblicklich fortriss. Dann trabte er an.

Aus dem Schutz ihrer Kapuze heraus versuchte Muriel etwas von der Umgebung zu erkennen, aber was sie sah, war mehr als enttäuschend.

Weiß … weiß … weiß …

Wohin sie auch blickte, alles war weiß vom Schnee. Und als wäre das nicht genug, hatten sich die feinen Eiskristalle unmerklich in dicke Schneeflocken verwandelt, die der Wind nun wie einen dichten Vorhang vor sich hertrieb, als wollte er verhindern, dass Muriel sich umsehen konnte. Die wenigen Bäume, an denen sie vorbeikamen, waren kahl und von kleinem Wuchs. Demütig neigten sich die biegsamen Stämme unter der Kraft des Windes, so wie es zu Hause nur die Birken taten, aber die Schneeschicht an den Stämmen war zu dick und sie konnte nicht erkennen, ob es sich wirklich um Birken handelte.

Später war es Muriel unmöglich, zu sagen, wie lange sie mit Ascalon durch den Schneesturm geritten war. Sie wusste nur, dass ihre Finger steif gefroren waren und der Fellbesatz ihrer Kapuze vor lauter Schnee nicht mehr zu erkennen gewesen war, als Ascalon jäh ein schrilles Wiehern ausgestoßen hatte, das von irgendwo jenseits der wirbelten Flocken vielstimmig erwidert wurde.

Nur wenige Augenblicke später fand Muriel sich inmitten einer Herde gedrungener mongolischer Pferde wieder, von denen es hieß, sie würden Wildpferden sehr ähnlich sehen. Sie waren jedoch wegen der dicken Schneeschicht auf ihrem Fell kaum zu erkennen.

Die kleinen Pferde mit den langen Mähnen- und Schweifhaaren trotteten langsam näher und schauten fast ehrfürchtig zu Ascalon auf, der sie mit einem freundlichen

Schnauben begrüßte. Wie selbstverständlich schritt er mitten durch die Gruppe, zu der auch viele Schafe gehörten, die eng aneinandergekuschelt in dem Schneesturm ausharrten und die Neuankömmlinge keines Blickes würdigten.

Wo so viele Tiere beisammen sind, können die Menschen nicht weit sein, dachte Muriel. Und als wäre der Gedanke ein Zauberspruch, tauchten ganz in der Nähe die Umrisse eines großen runden Zeltes auf, das dem stürmischen Wind mühelos trotzte. Muriel war schwer beeindruckt. Sie schätzte, dass der Durchmesser mindestens acht Meter betrug. Die Höhe entsprach ungefähr der eines normalen Zimmers, also in etwa zweieinhalb Meter.

Von den Bewohnern war weit und breit nichts zu sehen. Die Rauchfahne jedoch, die aus einem Loch an der Spitze des Zeltes aufstieg, bevor der Wind sie fortriss, ließ keinen Zweifel daran, dass das große Rundzelt bewohnt war.

Muriel war hin- und hergerissen. Nach dem langen Ritt in bitterer Kälte freute sie sich, das Zelt zu sehen, und wünschte sich nichts sehnlicher, als hineinzugehen und sich an einem Feuer zu wärmen. Andererseits konnte sie ja wohl kaum einfach reinspazieren. Was, wenn die Bewohner ihr feindlich gesonnen waren? Wenn sie Waffen hatten, würden sie gewiss nicht zögern, diese auch einzusetzen.

Muriel überlegte fieberhaft, was sie tun konnte. Aber wie sie es auch drehte und wendete, das Risiko, auf wenig

Gegenliebe zu stoßen, erschien ihr zu groß. So blieb sie unschlüssig auf Ascalons Rücken sitzen und rührte sich nicht, als dieser vor eines der Zelte trat. Er schien bezüglich der Gastfreundschaft der Zeltbewohner weit weniger Bedenken zu haben als sie. Als Ascalon erkannte, dass Muriel nicht von sich aus auf die Menschen zuging, fing er kurzerhand an zu wiehern, so laut und durchdringend, dass es selbst ein schwerhöriger Greis vernommen hätte.

»Ascalon! Bist du verrückt geworden?« Muriel stieß ihrem Begleiter unsanft die Hacken in die Seite. »Los, lauf weg! Sonst ...«

In diesem Augenblick wurde die Zeltplane an einer Stelle zurückgeschlagen und ein Junge streckte den Kopf heraus. Als er Ascalon erblickte, wurden seine geschlitzten Augen schlagartig kugelrund. Laut »Mori! Mori!« rufend, verschwand er wieder im Zelt, worauf von innen aufgeregte Stimmen zu hören waren.

»Zu spät.« Muriel seufzte und fragte sich, was jetzt wohl geschehen würde. Dass der Junge »Ein Pferd! Ein Pferd« gerufen hatte, hatte sie mühelos verstanden. Wie immer, wenn sie durch die Zeit ritt und fremde Kulturen besuchte, beherrschte sie auch diesmal die landesübliche Sprache so selbstverständlich, wie sie bei der Ankunft die Kleidung der jeweiligen Völker trug. Diese Begebenheit war sehr praktisch und ersparte ihr auf den Reisen so manche Unannehmlichkeit. Leider verblasste die Wirkung sofort, wenn sie wieder nach Hause kam. Ein Ritt in die Zeit der Römer hätte es ihr ansonsten ermöglicht, fließend Latein zu sprechen, und ihr so manchen Nachmittag mühsamer Paukerei erspart …

Wieder wurde die Zeltplane zurückgeschlagen. Ein grimmig dreinblickender Mongole trat ins Freie, während sich gleich mehrere Frauen und Kinder im Eingang drängten, um zu sehen, was draußen geschah.

»Wer bist du?«, knurrte der Mongole ohne jede Freundlichkeit in der Stimme.

»O… Ojuna«, stammelte Muriel ein wenig zu leise, denn der Wind riss ihr die Worte von den Lippen.

»Wie?«

»Ojuna.« Diesmal gelang es Muriel, etwas lauter und selbstbewusster zu sprechen.

»Woher kommst du?«

»Aus dem Süden.« Muriel rieb sich die rot gefrorenen Hände, hauchte dagegen und sagte: »Dort ist es nicht so kalt.«

Der Mongole ging nicht auf ihren Plauderton ein. »Was willst du hier?«, fragte er barsch.

»Ich suche den Großen Khan.«

»Den Großen Khan?« Zum ersten Mal glaubte Muriel so etwas wie eine Gefühlsregung in den Worten des Mongolen zu erkennen, als dieser fast unmerklich eine seiner buschigen Augenbrauen leicht in die Höhe zog.

»Ja.« Muriel beschloss, das Erstaunen des Mannes zu

nutzen. »Tengri, der Gott des Himmels, schickt mich, um seinem Sohn, Dschingis Khan, dieses wunderbare Pferd als Zeichen seiner Anerkennung zu bringen.« Mit diesem einen Satz war eigentlich alles gesagt. Gespannt beobachtete Muriel das Gesicht des Mannes. Sie wusste nicht, ob sie mit ihrer Offenheit zu viel gewagt hatte, aber sie fror erbärmlich und wünschte sich nichts sehnlicher, als in dieses heimelige Zelt schlüpfen zu dürfen. Als der Mann nicht antwortete, beschloss sie, alles auf eine Karte zu setzen, und fügte rasch hinzu: »Zunächst kam ich gut voran, aber dann geriet ich in diesen Schneesturm und habe mich verirrt.« Sie nahm allen Mut zusammen, schaute dem Mongolen fest in die Augen und sagte flehend: »Ich glaubte, sterben zu müssen, aber gerade, als die Not am größten wurde, führte Tengri mich zu deinem Zelt, damit das Pferd und ich gerettet werden.«

Der Mongole ließ sich mit der Antwort Zeit, dann sagte er scheinbar zusammenhangslos: »Ein Frosch, der im Brunnen lebt, beurteilt das Ausmaß des Himmels nach dem Brunnenrand. Es steht mir nicht zu, den Wunsch und Willen des allmächtigen Tengri infrage zu stellen. Wenn er es ist, der dich leitet, bist du in meinem Ger* willkommen.« Er trat zur Seite und vollführte mit der Hand eine einladende Geste. »Tritt ein, stärke dich mit unseren Speisen und wärme dich an unserem Feuer. Mein Sohn wird sich um das prächtige Götterpferd kümmern. Er wird ihm Decken zum Schutz gegen die Kälte geben und etwas von unserem besten Futter, auf dass es dem Großen Khan noch lange Freude bereiten wird.«

Muriel zögerte. Sie wusste nicht, ob sie dem Mongolen trauen konnte, und fürchtete, man könnte versuchen, ihr Ascalon zu stehlen. Sie fing einen Gedanken von Ascalon auf, der sie ermutigte, die Einladung anzunehmen. Doch obwohl sie sich nichts sehnlicher wünschte, als dem beißenden Wind und dem Schneesturm zu entfliehen, fiel ihr die Entscheidung schwer.

Geh!, glaubte sie Ascalon noch einmal in ihren Gedanken drängen zu hören. *Diese Menschen sind arm, aber freundlich. Dir wird nichts geschehen.*

Muriel seufzte und straffte sich. Sie wollte den Mongolen auf keinen Fall verärgern und fürchtete, dass er es als unhöflich ansehen könnte, wenn sie ihn noch länger auf eine Antwort warten ließ. So gab sie sich einen Ruck und beschloss, darauf zu vertrauen, dass Ascalon sie aus gutem Grund zu dieser Jurte geführt hatte.

»Ich danke dir für deine Gastfreundschaft«, sagte sie und schenkte dem immer noch grimmig wirkenden Mann ein Lächeln. Dann schwang sie sich von Ascalons Rücken, klopfte den Schnee so gut es ging aus ihrer Kleidung und folgte dem Mongolen in das Zelt.

Im Ger

Wärme! Niemals hätte Muriel es für möglich gehalten, dass ihr der warme Luftzug aus dem Innern des großen Rundzeltes ein so euphorisches Glücksgefühl bescheren könnte. Gleichzeitig meldete sich ihr Gewissen, weil Ascalon in Eis und Schnee ausharren musste, während sie es sich im beheizten Ger gemütlich machen konnte. Aber daran ließ sich nichts ändern. Das Rundzelt war viel zu klein, um alle ausgewachsenen Tiere zu beherbergen, auch wenn nahe dem Eingang tatsächlich ein kleines Fohlen auf einem Lager aus Stroh schlief, so wie Nadine es ihr erzählt hatte.

»Hier bitte!« Ein Mädchen mit geflochtenen Zöpfen kam auf sie zu und reichte ihr lächelnd eine Schale mit Milch.

»Danke.« Muriel nahm sie an sich, zögerte aber zu trinken, weil die Milch gärig roch.

»Airag*.« Das Mädchen deutete auf die Schale und

nickte Muriel aufmunternd zu – auch die anderen Zeltbewohner: der Mann, drei Frauen, von denen zwei ihre Babys auf dem Arm trugen, und acht Kinder in allen Altersstufen schauten sie erwartungsvoll an. Muriel spürte, dass sie trinken musste. Die säuerlich riechende Milch schien ein Begrüßungsgetränk zu sein. Es abzulehnen, würde die Mongolen gewiss verärgern. Muriel zwang sich zu einem Lächeln, setzte die Schale an die Lippen und versuchte, den scharfen Geruch zu ignorieren, der ihr Alarmsystem für verdorbene Nahrungsmittel aktivierte.

Wenn die Mongolen das trinken, werde ich davon schon nicht sterben, dachte sie bei sich, hielt tapfer den Atem an und stürzte die gärige Milch mit einem Schluck hinunter. Dann lächelte sie wieder, nickte anerkennend und sagte: »Das war gut.« Ein hörbares Aufatmen der Umstehenden begleitete ihre Worte. Und während Muriel noch darum rang, den Brechreiz niederzukämpfen, erkannte sie an den lachenden Gesichtern, dass sie die erste Prüfung bestanden hatte.

Das Mädchen nahm ihr die warme Reitkleidung ab und führte sie zu dem Feuer in der Mitte des Zeltes, über dem in einem großen Topf etwas kochte, das aussah wie bleiche Knochen. »Du bist sicher durchgefroren«, sagte das Mädchen und winkte einen der Jungen herbei, der sofort ein Kissen für Muriel brachte. »Hier kannst du dich aufwärmen, bis wir essen. Es gibt Tschanasan Makh*.«

»Danke, ihr seid sehr freundlich.« Während Muriel sich

auf das Kissen setzte und die eiskalten Hände den Flammen entgegenstreckte, warf sie verstohlen einen Blick in den Topf, wo unter den Fettaugen auf der Brühe tatsächlich Knochen zu erkennen waren, an denen noch etwas Fleisch hing. Der Anblick der Fettaugen, die bleichen Knochen und der talgige Geruch nach Hammelfleisch versetzten ihren Magen erneut in Aufruhr und sie nahm sich fest vor, wenn überhaupt, nur ein ganz klein wenig davon zu kosten.

Um sich abzulenken, ließ Muriel den Blick durch das große Rundzelt schweifen, dessen Gerüst im Grunde nicht viel mehr war als ein riesiger Gitterzaun mit einem Überwurf aus einem hellen filzähnlichen Stoff. An den Stellen, an denen der Wind auf das Zelt traf, war die Außenhülle der Jurte zusätzlich mit Fellen verstärkt worden. Erstaunt stellte sie fest, dass es im Innern eine strikte Aufteilung zu geben schien, obwohl das Zelt nur aus einem einzigen Raum bestand. Die eine Seite schien für die Frauen bestimmt zu sein. Dort befanden sich allerlei Gerätschaften, die für die Hausarbeit nötig waren. Die andere Seite war wohl den Männern vorbehalten. Dorthin hatte sich auch der mürrische Mongole zurückgezogen, während die Frauen sich um die Kinder und das Essen kümmerten. Mit den vielen Kissen wirkte die Männerseite sehr wohnlich.

»Hast du wirklich Tengri gesehen?« Ein Junge, dessen Alter Muriel nur schwer einschätzen konnte, hockte sich neben sie und schaute sie fragend an.

»Nicht wirklich.« Muriel schüttelte den Kopf. Ihr Herz begann heftig zu pochen, denn sie spürte, dass der entscheidende Augenblick nahte, an dem sich zeigen würde, ob die Geschichte, die sie über sich und Ascalon erzählen wollte, auch wirklich glaubhaft war. Sie bemühte sich darum, gelassen zu klingen. »Er hat im Traum zu mir gesprochen.«

»Schade.« Für einen Augenblick wirkte der Junge enttäuscht, aber das Mädchen, das Muriel die vergorene Milch gereicht hatte, wollte mehr wissen. Wie selbstverständlich setzte sie sich zu Muriel und fragte: »Und was hat er gesagt?«

»Er hat gesagt, dass ich aufwachen und das Ger verlassen soll, in dem ich mit meiner Familie wohne. Draußen würde ein Pferd auf mich warten, das von den Göttern selbst zur Erde gesandt wurde, um den Großen Khan auf seinen ruhmreichen Feldzügen zu begleiten.«

»Hat er dir erlaubt, das Pferd zu reiten?«, wollte ein kleines Mädchen wissen, das sich dazugesellt hatte und Muriel mit großen Augen anschaute.

»Na ja. Er hat es mir jedenfalls nicht verboten«, gab Muriel ausweichend Auskunft.

»Woher kommst du?«, fragte der Junge.

»Aus dem Süden.«

»Und wer führt deinen Stamm an?«

»Ich ... äh ... wir gehören zu keinem Stamm.« Muriel beschloss, dass es besser war, keine Namen zu nennen.

Abgesehen davon fiel ihr auch kein einziger Name ein, der irgendwie mongolisch klang. »Meine Eltern sind Fischer«, sagte sie, froh, eine logische Erklärung gefunden zu haben. »Wir können nicht mit den anderen ziehen.«

»Ach.« Der Junge wirkte nicht wirklich überzeugt, aber das Mädchen kam Muriel zu Hilfe. »Sicher hat Tengri dich deshalb erwählt«, sagte sie überzeugt. »Ein Stammesfürst hätte dir gewiss nicht gestattet, das schöne Pferd zum Großen Khan zu bringen, und es für sich beansprucht.«

»Wir wollen auch zum Großen Khan«, warf das kleinere Mädchen ein, stolz, etwas zu dem Gespräch beitragen zu können.

»Sei still, Nara.« Das ältere Mongolenmädchen warf hastig einen Blick über die Schulter. »Vater sagt, wir sollen nicht darüber sprechen.« Nara biss sich auf die Unterlippe und senkte beschämt den Blick.

»Ist das ein Geheimnis?«, fragte Muriel und fügte hinzu: »Keine Sorge. Es ist bei mir sicher.«

»Mein Vater sagt, dass es Krieg geben wird«, erzählte der Junge. »Der große Dschingis Khan ruft alle seine Getreuen zusammen, um mit ihnen gegen die Tanguten* in den Krieg zu ziehen.« Er senkte die Stimme und fügte flüsternd hinzu: »Aber es sind wohl nicht alle bereit, dies zu tun. Vater meint, der Große Khan hat nicht nur Freunde. Deshalb möchte er nicht, dass wir vor Fremden erwähnen, auf welcher Seite wir stehen.«

»Verstehe.« Muriel nickte.

»Eigentlich hätten wir das Lager des Großen Khan schon lange erreichen müssen«, fuhr der Junge fort. »Aber dieser Schneesturm nimmt einfach kein Ende und hält uns hier fest.«

»Dann ist es nicht mehr weit?«, folgerte Muriel.

»Drei Tagesmärsche mit dem Yak*-Karren«, erklärte der Junge. »Für dein Pferd ist es vermutlich nur ein Tagesritt.«

»Wenn sie inzwischen nicht schon weitergezogen sind«, gab das Mädchen zu bedenken.

»Bei dem Schneesturm reitet nicht einmal der Große Khan.«

»Sicher?«

»Ganz sicher.«

»Ja, es ist wirklich ein harter Winter«, sagte Muriel schnell, um einem Streit der beiden zuvorzukommen.

»Winter?« Das Mädchen schaute Muriel kopfschüttelnd an. »Es ist längst Frühling. Der Schneesturm ist nur ein letztes Aufbäumen des Winters. Wenn die Sonne hervorkommt und der Schnee geschmolzen ist, wird die ganze Steppe voll von Blumen sein.«

Eine der Frauen rief zum Essen und ersparte Muriel die Antwort. Während die beiden Mädchen und der Junge aufsprangen und sich einen Platz am Rand eines auf dem Boden ausgebreiteten Tuches suchten, erhob Muriel sich langsam und folgte ihnen.

»Setzt dich neben mich, Ojuna«, bot das Mädchen fröhlich an, dessen Namen Muriel immer noch nicht kannte, und deutete auf das Kissen zu ihrer Rechten. Der Platz war so gut wie jeder andere und so kam Muriel der Aufforderung gerne nach.

»Ich heiße übrigens Toja«, stellte das Mädchen sich flüsternd vor. »Nara ist meine kleine Schwester. Mein Bruder heißt Görkhan.« Eine der Frauen sah sie streng an und sie verstummte.

Wenig später hatte sich die Familie um das Tuch versammelt. Nur der Mann ließ sich Zeit. Er kam als Letzter dazu und setzte sich schweigend im Schneidersitz auf den freien Platz am Kopfende des ausgebreiteten Tuchs. Da keine weiteren Männer hinzukamen und auch kein Platz frei blieb, kam sie zu dem Schluss, dass der Mongole offenbar alle drei Frauen geheiratet und mit jeder von ihnen Kinder bekommen hatte. Der Gedanke war für sie fremd und mutete sehr seltsam an, aber hier schien sich niemand daran zu stören. Die drei Frauen benahmen sich wie gute Freundinnen und gingen so höflich miteinander um, dass Muriel sich fragte, ob sie denn gar nicht eifersüchtig aufeinander waren.

Als der Mann seinen Platz eingenommen hatte, goss eine der Frauen etwas von der vergorenen Milch in eine flache Schale, stand auf und ging zum Eingang des Zeltes. Wegen des Schneesturms öffnete sie die Plane nur einen Spaltbreit. Muriel konnte sehen, wie sie etwas von der Milch mit den Fingern in den Wind schnippte.

»Was tut sie da?«, fragte Muriel Toja leise.

»Sie opfert den Göttern etwas von unserem Airag und bittet darum, dass wir auch in Zukunft reichlich zu essen haben werden.« Toja schaute Muriel von der Seite an. »Macht ihr das dort, wo du herkommst, denn nicht vor jeder Mahlzeit?«

»Toja!« Der strenge Blick ihrer Mutter – zumindest nahm Muriel an, dass es sich um Tojas Mutter handelte – ließ das Mädchen verstummen und ersparte es Muriel, eine Antwort zu geben. Indes kehrte die Frau von der Tür zurück. Sie ging zum Feuer, nahm eine Schöpfkelle zur Hand und wandte sich dem Kessel mit dem Tschanasan Makh zu. Muriel war fest davon überzeugt, dass der Mann zuerst bedient werden würde, aber sie irrte sich. Mit der Kelle holte die Frau gleich fünf Knochen aus dem Topf, legte sie auf einen flachen Teller und kehrte damit zu den anderen zurück.

»Lass es dir schmecken«, sagte sie freundlich und reichte Muriel den übervoll beladenen Teller.

»D... danke.« Muriel schluckte trocken und versuchte, nicht auf den talgigen Geruch des Hammelfleisches zu achten, der ihr in die Nase stieg. Es war wie zuvor mit der gärigen Milch. Alle schauten sie an und schienen nur darauf zu warten, dass sie von dem Fleisch kostete. Die Gastfreundschaft der Mongolen war wirklich vorbildlich, aber in diesem Augenblick wäre es Muriel wirklich lieber gewesen, wenn sie sich in eine stille Ecke hätte verkrümeln können. So aber bleib ihr wieder nichts anderes übrig, als das Spiel mitzuspielen, um ihre Gastgeber nicht zu kränken. Wehmütig verabschiedete sie sich in Gedanken von ihrem festen Vorsatz, von dem Fleisch so wenig wie möglich zu essen. Dann nahm sie einen der heißen Knochen in die Hand und begann das Fleisch mit den Zähnen vorsichtig herunterzuziehen. Dabei achtete sie peinlich genau darauf, möglichst keinen Knorpel oder eine der Sehnen zu erwischen, die überall hervorschauten. Das Fleisch selbst schmeckte so talgig, wie es roch, und war so zäh, wie sie befürchtet hatte.

Zum zweiten Mal an diesem Tag war Muriel in ein heftiges Duell mit ihren rebellierenden Geschmacksnerven verwickelt, die beharrlich gegen die ungewohnte Kost protestierten und sie drängten, den stinkenden Knochen sofort aus der Hand zu legen. Dass sich die lobenden Worte zum Essen, die sie nach den ersten Bissen lächelnd an die Frauen weitergab, nicht gekünstelt anhörten, grenzte fast an ein Wunder und führte zu ihrer Erleichterung dazu, dass nun auch alle anderen ihr Essen bekamen.

Mit einem Anflug von Neid registrierte Muriel, dass die Kinder nur je zwei Knochen bekamen, während der Mann vier und die Frauen drei Knochen auf ihren Tellern hatten. Offensichtlich war es bei den Mongolen üblich, den Gästen immer die größte Mahlzeit zukommen zu lassen, eine Ehre, auf die Muriel liebend gern verzichtet hätte. Tapfer schlang sie Bissen um Bissen hinunter, ignorierte ihren protestierenden Magen und hoffte, dass niemand bemerkte, wie schwer ihr das Essen fiel. Am Ende lagen vier nicht ganz sorgfältig abgenagte Knochen auf ihrem Teller. Den fünften konnte sie nicht einmal ansehen, ohne dass ihr übel wurde.

»Bist du schon satt?«, fragte Görkhan mit einem sehnsüchtigen Blick auf den Fleischknochen.

»Ja.« Muriel nickte. Es war ihr ein wenig peinlich, dass sie die große Portion nicht hatte verzehren können, andererseits hatte sie ja auch nicht darum gebeten. »Das Tschanasan Makh war ausgezeichnet«, lobte sie das eklige Essen noch einmal. »Aber ich kann wirklich nicht mehr.«

»Es war uns eine Ehre.« Die Frau, die Muriel für Tojas Mutter hielt, schenkte ihr ein Lächeln. »Ein Reisender sollte im Haus seiner Gastgeber nicht hungernd nächtigen.«

»Keine Sorge, ich hungere nicht«, erwiderte Muriel höflich. »Ich fühle mich gesättigt und sehr wohl.« Eigentlich hätte es heißen müssen: Mir ist schlecht und ich möchte mich hinlegen. Aber Muriel riss sich zusammen und hoffte, dass die Übelkeit in ihrer Magengegend irgendwann von alleine verschwand.

»Darf ich dann den Knochen haben?«, fragte Görkhan.

»Gern.« Kaum hatte Muriel das gesagt, grapschte er, den missbilligenden Blick seiner Mutter geflissentlich übersehend, nach dem Knochen. Schmatzend löste er das Fleisch mit den Zähnen von dem Knochen und half mit dem Messer nach, wo es sich schwer lösen ließ. Während Görkhan noch aß, räumten die Frauen das Essen ab.

Muriel war ihnen dafür sehr dankbar. Den Anblick der Essenreste und den unangenehmen Geruch hätte sie nicht mehr lange ertragen können. Von ihrem Platz aus beobachtete sie, wie Tojas Mutter eine dampfende Flüssigkeit mit einer Kelle in kleine Schalen füllte, die sie dann zur Tafel trug. Und wieder war es Muriel, die als Gast zuerst bewirtet wurde. »Möchtest du Tee?«, fragte Tojas Mutter.

»Gern.« Muriel strahlte. Ein Tee war genau das, was ihr strapazierter Magen jetzt brauchte. Am besten Pfefferminztee, dachte sie bei sich, damit werde ich sicher auch diesen furchtbaren Hammelfleischgeschmack los.

Dankbar nahm sie die Schale in Empfang und erlebte erneut eine Enttäuschung. In der Schale war Milch oder etwas, das wie Milch aussah. Darin schwamm grob zerkleinert etwas, das vermutlich Teeblätter waren.

»Das ist Suutei Tsai*«, erklärte Toja, die Muriels Erstaunen zu bemerken schien. »Milchtee mit Salz.«

»Ja, danke.« Muriel nickte gedankenverloren. Sie wusste, dass man von ihr erwartete, das Getränk zu kosten, fürchtete aber, dass dies ihrem ohnehin lädierten Wohlbefinden den Rest geben würde. Milchtee mit Salz klang alles andere als verlockend und sie verfluchte sich im Stillen dafür, nicht dankend abgelehnt zu haben. Jetzt gab es kein Zurück mehr. Vorsichtig nippte sie an dem heißen Tee und erlebte eine Überraschung. »Der ist wirklich sehr gut«, lobte Muriel und diesmal meinte sie es ernst.

Die erste Nacht

»Und nun erzähle uns von deinem Traum.«

Muriel verschluckte sich an ihrem Tee, als Tojas Vater völlig überraschend das Wort an sie richtete. Sie musste husten und hätte fast die Schale mit dem Tee fallen gelassen. Obwohl es nur logisch war, dass ihre Gastgeber mehr von ihr erfahren wollten, traf die Frage sie völlig unvorbereitet. Um etwas Zeit zu gewinnen, hustete sie ein wenig länger als nötig und überlegte fieberhaft, was sie sagen konnte.

Im Nachhinein ärgerte sie sich über ihre Dummheit. Nachdem sie Tojas Vater draußen von ihrem Traum erzählt hatte, durfte sie sich nicht wundern, wenn er jetzt neugierig war. Schließlich kam hier nicht jeden Tag jemand vorbei, der behauptete, im Auftrag des höchsten Gottes der Mongolen unterwegs zu sein.

Muriel war klar, dass sie die Geschichte von Tengris

Pferd noch etwas ausschmücken musste, damit sie glaubwürdig klang, aber jedes Wort wollte gut überlegt sein, schließlich wusste sie kaum etwas über die Mongolen. »Da gibt es nicht viel zu erzählen«, hob sie schließlich an, räusperte sich noch einmal und fuhr dann fort: »An den Traum kann ich mich kaum erinnern, nur an den Auftrag, den ich darin erhielt. Eines Nachts lag ich auf meinem Lager und schlief, als ich plötzlich das Gefühl hatte, auf einem Pferd über den Himmel zu reiten. Überall waren Sterne und der Mond war so nah, dass ich ihn fast berühren konnte. Doch als ich nach unten sah, erkannte ich, dass kein Pferd mich trug. Ich erschrak und fürchtete herunterzufallen, aber dann hörte ich, wie Tengri zu mir sprach. ›Geh hinaus auf die Weide‹, sagte er. ›Dort wirst du ein prächtiges Pferd finden, das so braun ist wie der Steppenboden im Winter und den Glanz der Sonne in seinen Mähnenhaaren trägt. Ein stolzes Pferd ist es, größer und schöner als alle Pferde in der Steppe. Ein Pferd, geschaffen, um den größten und mächtigsten aller Mongolen zu tragen. Es ist ein Geschenk der Götter an ihn, aus Dankbarkeit dafür, dass es ihm gelang, das Steppenvolk zu einen. Und du, Ojuna, bist auserkoren, es zu ihm zu bringen. Säume nicht. Mach dich sofort auf den Weg. Der Große Khan muss das Pferd erhalten, ehe er in den Krieg gegen die Tanguten zieht.‹«

»Warum haben die Götter das Pferd dem Großen Khan nicht selbst übergeben?«, fragte Görkhan.

»Sie werden ihre Gründe haben«, antwortete sein Vater. »Es steht uns nicht zu, ihre Entscheidungen infrage zu stellen.« Damit wandte er sich wieder an Muriel und fragte: »Was geschah dann?«

»Ich bin aufgewacht«, sagte Muriel, die Görkhans Zwischenfrage genutzt hatte, um den Erzählfaden in Gedanken weiterzuspinnen. »Natürlich habe ich nicht wirklich daran geglaubt, dass an dem Traum etwas Wahres dran sein könnte. Aber ich war neugierig, ich bin aufgestanden und mitten in der Nacht auf die Weide gegangen, um nachzusehen, ob dort wirklich ein Pferd steht.«

»Und?«, fragte Nara, die den Blick nicht von Muriel abwenden konnte. »War es da?«

»Nara, du dumme Sogoo*.« Toja lachte. »Was glaubst denn du, wie Ojuna hierhergekommen ist?«

»Und was denkst du, für wen ich die Decken nach draußen gebracht habe?«, fügte Görkhan hinzu.

Nara überlegte. »Für das schöne Pferd?«, fragte sie.

»Genau.« Görkhan grinste. »Nara, du bist wirklich klug.«

»Und das Pferd lässt sich von dir reiten?«, richtete Tojas Vater das Wort wieder an Muriel, ohne auf das Gezänk seiner Kinder einzugehen.

»Ja, aber nur von mir.« Muriel nickte. »Meine Brüder haben es versucht, aber es ließ sie nicht einmal aufsitzen. Da hat mein Vater entschieden, dass ich dem Willen Tengris Folge leisten muss.«

»Allein?«

»Warum nicht?« Muriel zuckte mit den Schultern. »Tengri hat mir den Auftrag gegeben und wacht über mich. Er hat mir unterwegs so manches Mal geholfen und mich in dem Schneesturm sicher zu eurem Zelt geführt. Ich vertraue ihm.«

»Das ist sehr mutig und sehr weise«, sagte eine der anderen Frauen. »Nicht glücklich wird, wer dem Willen der Götter zuwiderhandelt.«

»Dennoch ist es gefährlich«, gab Tojas Mutter zu bedenken und fügte mit einem Seitenblick auf ihre Tochter hinzu: »Ich wüsste nicht, ob ich Toja gehen lassen würde.«

»Meine Mutter war auch dagegen«, sagte Muriel schnell. Sie war froh, dass ihr die frei erfundene Geschichte so gut und glaubwürdig gelungen war, und fügte abschließend hinzu: »Sie träumte, dass mir etwas zustoßen würde. Aber sie hat meinem Vater nicht widersprochen.«

»So ist es recht.« Tojas Vater nickte bedächtig. »Auch wenn deine Familie nicht umherzieht, hätte deine Mutter dich nicht aufhalten dürfen. Unterwegs zu sein macht frei und Freiheit ist das Leben der Mongolen.«

»Aber du gehst doch zurück, oder?«, wollte Nara wissen, die noch zu klein war, um sich ein Leben ohne ihre Familie vorstellen zu können.

»Natürlich.« Muriel nickte, rieb sich mit den Händen die Augen und tat, als ob sie ein Gähnen unterdrücken müsste. Es wurde Zeit, das Gespräch zu beenden. Die Gefahr, dass sie sich in Widersprüche verwickelte oder etwas Falsches sagte, war einfach zu groß. Um Erschöpfung vorzutäuschen, musste sie sich nicht einmal groß anstrengen. Draußen war es dunkel geworden. Der Wind pfiff um das Ger und rüttelte am Gestänge. Die Flammen des Feuers warfen zuckende Schatten an die Zeltwände und die Wärme tat ein Übriges, um Muriel spüren zu lassen, wie sehr der Ritt durch den Schneesturm an ihren Kräften gezehrt hatte.

»Du musst müde sein, nach dem langen Ritt.« Tojas Mutter war ihr Gähnen nicht entgangen. »Möchtest du dich schlafen legen?«

Muriel nickte und gähnte schon wieder.

»Du kannst bei mir schlafen«, bot Toja an, lächelte Muriel zu und fragte ihre Mutter: »Darf sie?«

»Wenn es ihr recht ist.« Tojas Mutter nickte. »Wir haben auf der Nordseite aber auch einen Schlafplatz für unsere Ehrengäste.«

»Ich schlafe gern bei Toja«, sagte Muriel schnell, die das freundliche Mädchen ins Herz geschlossen hatte und in der fremden Umgebung im Dunklen nicht allein sein wollte.

»Komm mit. Ich zeige dir deinen Schlafplatz.« Toja sprang auf und bedeutete Muriel ihr zu folgen. Auch Görkhan erhob sich. »Ich sehe noch einmal nach den Tieren«, sagte er, streifte sich eine dicke Jacke über, setzte eine Fellkappe mit Ohrenklappen auf den Kopf und zog sich warme Stiefel an. Dann entzündete er eine Fackel am Feuer und stapfte aus dem Ger.

Während Muriel Toja folgte, kümmerten sich die Frauen um die kleineren Kinder oder räumten die Reste der Mahlzeit weg.

Auf der linken Seite des Zeltes lagen viele Felle auf dem Boden. Auch Kissen gab es hier. Alles war sauber, trotzdem sah es an dieser Stelle ziemlich ungeordnet aus. Es war nicht zu übersehen, dass hier der Schlafplatz für die Kinder sein musste. Der Anblick der Kissen und Felle erinnerte Muriel daran, wie müde sie war. Dankbar legte sie sich auf dem Platz nieder, den Toja ihr anbot, kuschelte sich in die warmen Felle und schloss die Augen, als sie plötzlich Musik hörte – jemand spielte auf einer Geige eine traurige Melodie.

»Wer spielt da?«, fragte sie Toja, die sich neben ihr hingelegt hatte.

»Mein Vater. Er spielt auf der Pferdekopfgeige*«, erklärte diese flüsternd. Muriel erschauerte, als das Bild eines bleichen, mit dünnen Saiten bespannten Pferdeschädels vor ihrem geistigen Auge auftauchte. Vorsichtig richtete sie sich auf, um nachzusehen, was für ein seltsames Instrument das wohl sein mochte. Nach allem, was sie bisher erlebt hatte, erschien es ihr durchaus möglich, dass die Geige tatsächlich aus einem Pferdekopf gefertigt war.

Tojas Vater saß nicht weit entfernt auf einem Berg aus Kissen und spielte zum Glück nicht auf einem echten Pferdekopf, wie Muriel befürchtet hatte, sondern auf einem geigenähnlichen Instrument, das nur zwei Saiten hatte. Das eine Ende zierte ein geschnitzter Pferdekopf, dem das Instrument wohl seinen Namen verdankte. Ein *geschnitzter* Pferdekopf! Muriel atmete auf und ließ sich wieder auf das Kissen sinken. Ganz so barbarisch, wie sie befürchtet hatte, waren die Mongolen wohl doch nicht.

»Magst du die Musik?«, fragte Toja.

»Sie klingt traurig, aber schön.«

»Mein Vater spielt das Lied jeden Abend, um das Böse aus dem Ger zu vertreiben und uns gute Träume zu bringen«, erklärte Toja. »Wenn er mal nicht da ist, fehlt es mir immer.«

»Das ist ein schöner Brauch«, sagte Muriel und fügte hinzu: »Mein Vater kann leider keine Geige spielen.« Das war nicht einmal gelogen.

»Das ist aber schade.«

»Ja, ich weiß.« Muriel seufzte. Während sie der Melodie lauschte, die durch das Ger schwebte, dachte sie an Ascalon, der irgendwo draußen im Sturm ausharren musste. Und plötzlich war das schlechte Gewissen wieder da. Ich liege hier unter warmen Fellen und lausche der Musik. Und er ...?

Es geht mir gut.

Da war es wieder, dieses einmalige Gefühl, mit dem Ascalon ihr auch ohne Worte eine Botschaft senden konnte. Ohne dass sie ihn sah oder etwas von ihm gehört hatte, wusste sie nun, dass sie sich nicht um ihn sorgen musste. Muriel lächelte und sandte Ascalon einen liebevollen Gedanken zurück. Jetzt würde sie beruhigt schlafen können.

»Das Pferd scheint wirklich Zauberkräfte zu haben!« Ein kalter Windzug fegte durch das Zelt, als Görkhan in das Ger zurückkehrte und sich den Schnee von der Jacke klopfte. »Stellt euch vor«, sagte er in einem Ton, als hätte er draußen ein Wunder erblickt, »Ojunas Pferd hat all unsere Tiere um sich geschart. Dicht aneinandergeschmiegt ruhen sie im Windschatten des Gers und wärmen sich gegenseitig.«

»Sind alle Tiere beisammen?« Tojas Vater hielt im Spielen inne und schaute seinen ältesten Sohn fragend an.

»Ja.« Görkhan nickte, streifte die dicke Kleidung ab und legte sich ebenfalls schlafen. Nach und nach kamen auch die kleineren Kinder dazu. Muriel hörte sie leise miteinander reden. Sie wollte sich umsehen, aber es gelang ihr kaum, die Augen zu öffnen. Während die Musik der Pferdekopfgeige wieder das Ger mit einem traurigen Gesang erfüllte, wanderten Muriels Gedanken zurück zu Ascalon und zum Birkenhof. Sie dachte an Fanny, Nadine und Vivien und sie erinnerte sich noch einmal an Fannys glückliche Rettung. Dann schlief sie ein.

Sie konnte noch nicht lange geschlafen haben, als lautes Schnarchen sie weckte. Zunächst wusste sie nicht, wo sie war, doch dann fiel es ihr wieder ein. Im Zelt war es jetzt sehr dunkel, nur die Glut in der Feuerstelle spendete ein diffuses Dämmerlicht. Das Schnarchen kam von Tojas Vater, der inmitten seiner drei Frauen nicht weit entfernt von ihr schlief.

»Na toll.« Muriel seufzte. Sie hasste es, wenn jemand schnarchte. Als sie noch klein war, war sie nach einem nächtlichen Albtraum hin und wieder zu Teresa ins Bett gekrochen, wenn ihre Mutter auf Reisen war. Die Nähe der vertrauten Person hatte ihr das Gefühl von Sicherheit gegeben und sie schnell wieder einschlafen lassen – meistens jedenfalls. Denn wenn sie nicht schnell genug ins Land der Träume zurückgekehrt war, war Teresa vor ihr eingeschlafen und hatte fast augenblicklich zu schnarchen begonnen. So laut und nervtötend, dass Muriel oft kein Auge zugemacht hatte – ein Schicksal, das sie wohl auch in dieser Nacht würde erdulden müssen.

Muriel zog die Felldecke etwas höher und hauchte ihre kalte Nase an, um sie zu wärmen. Jetzt, da das Feuer heruntergebrannt war, wurde es auch im Zelt empfindlich kühl. Durch den Rauchabzug in der Mitte des Zeltdachs konnte sie einen Stern am Himmel sehen. Offenbar hatten sich die Wolken verzogen und der Wind …

Der Wind!

Erst jetzt bemerkte Muriel, dass der Sturm nachgelassen

hatte. Außer dem lautstarken Schnarchen von Tojas Vater und den gleichmäßigen Atemzügen der anderen herrschte im Zelt absolute Ruhe. Das unheimliche Heulen des Windes, der durch die Ritzen und Spalten in das Ger eingedrungen war, war ebenso verstummt wie das Knarren der Holzstangen, die die Zeltplane trugen.

Kein Wind und Sterne. Das konnte nur eines bedeuten: Der Schneesturm war vorüber. Muriel spürte, wie ihr Herz vor Freude einen Sprung machte. Wenn das Wetter sich besserte, konnte sie ihre Reise vielleicht schon am nächsten Morgen fortsetzen und ihren Auftrag bald beenden.

Ich könnte auch jetzt schon weiterreiten, überlegte sie. Der Gedanke hatte etwas Verlockendes an sich, aber Muriel schob ihn energisch von sich. Im Zelt war es so kalt, dass sie nicht den Wunsch verspürte, unter den wärmenden Fellen hervorzukriechen, um zu erkunden, wie eisig die Luft vor dem Zelt sein mochte. Sie dachte an Ascalon und fragte sich, wie es ihm da draußen wohl ergehen mochte. Mit geschlossenen Augen suchte sie seine Nähe, und als hätte er ihre Sorge gespürt, sandte er ihr sogleich erneut ein beruhigendes Gefühl. *Mach dir um mich keine Sorgen,* schien er zu sagen. *Mir geht es gut.*

Das beruhigte Muriel wieder etwas. Das schlechte Gewissen aber blieb. Ihr wäre wohler gewesen, wenn sie Ascalon in einem warmen und trocken Stall gewusst hätte.

In diesem Augenblick fing eines der Babys an, zu glucksen und klägliche Geräusche von sich zu geben. Kaum eine Minute später brüllte es aus Leibeskräften. Eine der Frauen setzte sich auf, nahm es an sich und begann es zu stillen.

Das Geschrei führte kurzzeitig zu einer Unruhe unter den Schlafenden. Muriel sah, wie Tojas Vater sich von der Rückenlage auf die Seite drehte, und atmete auf. Das Schnarchen verstummte.

Muriel gähnte und schloss die Augen. Das leise Summen, mit dem die Frau ihr Baby beim Stillen im Arm wiegte, war angenehm und begleitete sie noch ein ganzes Stück auf ihrem Weg ins Reich der Träume, wo die Steppe grün und die Luft warm war und sie auf Ascalon mit einer Herde Steppenponys um die Wette galoppierte …

Durch die Steppe

Am nächsten Morgen erwachte Muriel fröstelnd und mit schmerzenden Gliedern. Sie war es nicht gewohnt, auf dem harten Boden zu schlafen, und glaubte, jeden Knochen in ihrem Körper zu spüren. So warm und weich die Felle auch sein mochten, sie reichten bei Weitem nicht an den Komfort einer Daunendecke und einer Kaltschaummatratze heran.

Umständlich setzte sie sich auf und stellte fest, dass alle anderen längst aufgestanden waren. Die Frauen hatten das Feuer neu entfacht, das eine angenehme Wärme verströmte, das Ger aber auch mit einem dünnen Rauchschleier erfüllte, der Muriel am Abend nicht aufgefallen war. Es roch nach Verbranntem. Ein seltsamer Geruch, den Muriel nicht einordnen konnte. Eines war sicher: Das Holz, das den großen Kessel beheizte, war es nicht.

»Du bist wach, wie schön.« Toja kam zu ihr und setzte

sich neben sie auf die Felle. »Hattest du einen schönen Traum?«, wollte sie wissen.

»Ich bin im Frühling über die Steppe geritten«, erwiderte Muriel.

»Dann war es ein schöner Traum.« Toja lachte. »Und ein gutes Zeichen.« Sie deutete zum Zelteingang, wo Sonnenlicht in dunstigen Streifen in das Ger fiel. »Sieh nur, der Sturm ist vorbei und die Sonne scheint«, verkündete sie mit einem glücklichen Lächeln. »Nun können wir bald weiterziehen.« Ein Schatten huschte über ihr Gesicht und sie fragte: »Du wirst nicht bei uns bleiben – oder?«

»Ich kann nicht.« Muriel schüttelte den Kopf. »Du weißt doch, ich habe eine Aufgabe zu erfüllen. Ich bin dir und deiner Familie sehr dankbar, dass ihr mich bei euch aufgenommen habt. Ihr habt mir das Leben gerettet. Das werde ich euch nie vergessen, aber ich muss weiter.«

»Schade.« Toja machte ein trauriges Gesicht, dann hellte sich ihre Miene auf. »Meine Mutter hat gesagt, dass sie dich nicht gehen lässt, bevor wir gegessen haben. Es gibt Khailmag*.«

»Das ist sehr freundlich.« Muriel warf einen misstrauischen Blick zum Feuer hinüber, über dem nun statt des Kessels eine große Pfanne stand, und fragte sich, welche mongolische Delikatesse sich wohl diesmal hinter dem seltsamen Namen verbergen mochte. Da sie aber Hunger hatte, widersprach sie nicht und schälte sich unter den Fellen hervor, um den Tag zu beginnen.

Diesmal bereute sie ihre Entscheidung nicht. Khailmag entpuppte sich als ein karamellisierter Brei aus eingedickter Sahne, die in einer Pfanne erhitzt wurde. Eine breiige Creme, die süß und sehr lecker schmeckte.

»Das ist wirklich gut«, lobte Muriel und sie meinte es ernst. Der noch warme Brei vertrieb die Kälte aus ihren Gliedern und sättigte so sehr, dass sie schon nach einer Schüssel davon überzeugt war, bis zum Abend keinen Bissen mehr hinunterzubekommen.

Nach dem Essen wurde es Zeit, Abschied zu nehmen. Toja hatte ihr erzählt, dass ihre Familie das Ger abbauen und weiterziehen würde. Bis es so weit war, würde allerdings noch einige Zeit vergehen. Alle hatten Verständnis dafür, dass Muriel nicht warten und sich lieber sofort auf den Weg machen wollte, um dem Großen Khan das prächtige Pferd zu überbringen. Und so verabschiedete sich Muriel nach dem morgendlichen Mahl alsbald von ihren Gastgebern. Nachdem sie sich angekleidet hatte, bedankte sie sich bei ihnen für das Essen und die Unterkunft und wünschte ihnen eine gute Reise.

»Warte, ich begleite dich noch ein Stück.« Toja kam angelaufen, als Muriel sich anschickte, das Ger zu verlassen. Sie schnappte sich einen Korb und trat hinter Muriel durch den Zeiteingang ins Freie. Die Sonne stand hoch am Himmel, der so strahlend blau war, wie Muriel es noch nie gesehen hatte. Nach dem langen Aufenthalt im schattigen Ger schmerzte Muriel das grelle Sonnenlicht, das vom

Schnee noch reflektiert wurde, in den Augen. Sie blieb stehen, kniff die Lider fest zusammen und wartete ein paar Sekunden, bis sie es wagte, die Augen vorsichtig wieder zu öffnen.

»Schön, nicht?« Toja strahlte mit der Sonne um die Wette. Zu Recht, wie Muriel zugeben musste. Im Sonnenschein wirkte die Steppe längst nicht mehr so lebensfeindlich und bedrohlich wie zuvor während des Schneesturms. Der blaue Himmel, der funkelnde Schnee und die sanft gewellten Hügel mit den verschneiten Bäumen und Sträuchern erstreckten sich in geradezu malerischer Schönheit so weit das Auge reichte. Die Schafe und Pferde, die rings um das Ger auf der Suche nach Gräsern im Schnee scharrten, fügten sich so harmonisch in das Bild, als hätte ein namenloser Künstler ihre Plätze gewählt. »Ihr habt ja auch Rinder«, stellte Muriel verwundert fest.

»Das sind unsere Yaks.« Toja nickte. »Sie sind sehr kräftig und tragen das Ger, wenn wir reisen.«

»Wirklich?« Muriel war erstaunt. Wie selbstverständlich war sie davon ausgegangen, dass die Mongolen ihre Pferde als Lasttiere verwendeten. Darauf, dass Yaks, die sie lediglich aus Büchern kannte, einen Großteil der Lasten der Nomaden trugen, wäre sie niemals gekommen. »Ähm ... und ... was willst du mit dem Korb?«, fragte sie, in der Hoffnung, dass Toja nicht bemerkte, wie wenig sie vom Leben der Mongolen wusste.

»Ich gehe Dung sammeln.«

»Dung?« Muriel glaubte, sich verhört zu haben. Machte Toja Scherze oder wollte sie wirklich Pferde- und Rinderkot einsammeln? »Warum?«

»Damit wir Feuer machen können.« Toja schaute Muriel verwundert an. »Womit entfacht ihr denn bei euch zu Hause ein Feuer?«

»Mit Holz.« Muriel antwortete, ohne lange zu überlegen. Auf die Idee, dass man auch mit etwas anderem als mit Holz ein Feuer machen konnte, wäre sie nie gekommen.

»Dann habt ihr es gut«, hörte sie Toja sagen und sah, wie diese eine ausschweifende Handbewegung vollführte. »Hier gibt es weit und breit keinen Wald, der uns Holz spenden könnte«, sagte sie. »Deshalb sammeln wir den Dung unserer Tiere ein, trocknen und verbrennen ihn.«

»Verstehe.« Muriel nickte. Endlich wusste sie, woher der seltsame Geruch stammte, den das Feuer am Morgen verströmt hatte. Es war wirklich erstaunlich, wie gut sich die Nomaden an das Leben in der kargen Umgebung angepasst hatten. Aber es war auch ein hartes und entbehrungsreiches Leben, das sie führten. Ein Leben, um das Muriel sie nicht beneidete. Sie schaute sich um und erkannte Ascalon, der nicht weit entfernt mit einer Gruppe von Pferden den Schnee fortgescharrt hatte und graste. Ein leiser Pfiff ließ ihn aufblicken. Als er Muriel entdeckte, schnaubte er erfreut, schüttelte die prächtige Mähne und kam sofort zu ihr.

»Das ist wirklich ein wunderschönes Pferd«, sagte Toja bewundernd. »Und so groß.« Mit sehnsüchtigem Blick beobachtete sie, wie Muriel aufsaß und fragte schüchtern: »Meinst du, er erlaubt es, dass ich ein Stück mit dir reite? Nur ein ganz kleines Stück?«

»Natürlich.« Muriel überlegte nicht lange. Sie hatte diesen freundlichen Menschen so viel zu verdanken, dass ein kleiner Ritt auf Ascalon es niemals würde aufwiegen können. Aber es war eine gute Möglichkeit, sich wenigstens ein kleines bisschen zu revanchieren. Lachend beugte sie sich hinunter und reichte Toja die Hand, um ihr beim Aufsitzen zu helfen. Diese strahlte vor Glück, schwang sich geschickt auf Ascalons Rücken und schlang die Arme um Muriel, um sich festzuhalten. »Das ist eine große Ehre«, sagte sie voller Stolz. »Ich danke dir.«

Muriel schnalzte mit der Zunge und Ascalon trabte an. »Festhalten!«, ermahnte sie Toja noch, spürte aber sofort, dass die Mongolin eine erfahrene Reiterin war, die wusste, wie sie sich zu verhalten hatte.

Mit weit ausgreifenden Schritten trug Ascalon die beiden Mädchen über die verschneite Steppe. Zunächst lief er nur vorsichtig im Trab, aber als Muriel ihn dazu ermunterte, fiel er augenblicklich in den Galopp und ging schließlich sogar in den gestreckten Galopp über. Muriel hörte Toja lachen. Der scharfe Ritt schien ihr zu gefallen. In weiten Kreisen ging es um das Ger und die weidenden Tiere herum. Schnee wirbelte unter Ascalons Hufen auf, ein kühler Luftzug rötete Muriels Wangen, während die Sonne schon so viel Kraft besaß, dass sie ihr den Rücken wärmte. Es war herrlich, so zu reiten, aber Muriel wusste auch, dass sie nicht zum Vergnügen hierhergekommen war, und so beendete sie den Ritt nach der fünften Runde. Toja glitt von Ascalons Rücken, die Wangen vor Aufregung und Kälte gerötet und so glücklich, dass Muriel glaubte, Tränen in ihren Augen zu sehen. »Danke!«, sagte sie um Atem ringend. »Diesen Ritt werde ich mein ganzes Leben lang nicht vergessen.«

»Ich will auch! Ich will auch!«

Muriel blickte hoch und sah Nara, die auf sie zugelaufen kam. In der Hand hielt sie einen Lederbeutel, der beim Laufen heftig hin- und herpendelte. Völlig außer Atem erreichte sie die beiden Mädchen, schaute zu Muriel auf und sagte noch einmal mit Nachdruck: »Ich will auch reiten.«

»Kannst du das denn schon?«, fragte Muriel.

»Natürlich!« Nara stemmte entrüstet die Hände in die Hüften. »Ich reite besser als Görkhan.«

»Das stimmt.« Toja lachte. »Bei uns lernen die Kinder das Reiten, lange bevor sie laufen können. Nara hat schon allein auf einem Pferd gesessen, als sie kaum ein Jahr alt war. Wenn wir das Lager des Großen Khan rechtzeitig erreichen, wird sie beim Naadam* das Rennen mitreiten.«

»Na, wenn das so ist ...« Muriel wusste nicht, was ein Naadam war, glaubte aber aus den Worten herauszuhören, dass es sich um ein Wettrennen auf Pferden handeln musste. Eigentlich wollte sie weiter, aber den großen flehenden Augen des kleinen Mädchens konnte sie nicht widerstehen. Sie lächelte und reichte Nara die Hand, aber diese war noch zu klein, um alleine aufzusitzen. Erst als Toja ein wenig nachhalf, klappte es. »Moment noch!« Nara löste den Lederbeutel von ihrem Handgelenk und reichte ihn an Toja weiter.

»Was ist da drin?«, wollte Toja wissen.

»Khuushuur* für Ojuna«, sagte Nara. »Damit sie unterwegs etwas zu essen hat.«

Ascalon schnaubte und scharrte ungeduldig mit den Hufen.

»Fertig?«, fragte Muriel in diesem Augenblick.

»Fertig!«

»Festhalten!«, ermahnte sie Nara. Aber die Sorge, dass Tojas kleine Schwester vom Pferd fallen könnte, erwies sich sogleich als unbegründet. Selbst im Galopp saß Nara so fest auf Ascalons Rücken, als wäre sie mit ihm verwachsen. Sie lachte, johlte und selbst im gestreckten Galopp schrie sie noch: »Schneller! Schneller!«

Auch für sie endete der Ritt nach ein paar Runden. Muriel ließ Ascalon neben Toja anhalten und Nara rutschte über die Kruppe zu Boden. »Schade«, sagte sie und zog einen Schmollmund, wie Vivien es manchmal tat, grinste dann aber gleich wieder. »Wenigstens kann ich jetzt sagen, dass ich auf dem Pferd des Großen Khan geritten bin.« Sie trat näher, klopfte Ascalon freundschaftlich das warme Fell und sagte: »Du bist wirklich ein prächtiges Pferd.«

»Hier, das ist für dich.« Toja reichte Muriel den Lederbeutel. »Etwas Khuushuur für unterwegs.«

»Danke.« Muriel nahm den Beutel an sich, öffnete ihn und spähte hinein. Noch bevor sie etwas erkennen konnte, stieg ihr der Geruch von Hammelfleisch in die Nase und sie wusste, dass sie das, was immer sich darin befand, ganz sicher nicht essen würde.

»Teigtaschen mit Hammelfleisch gefüllt«, erklärte Nara. »Mutter hat sich beeilt, damit du noch welche mitnehmen kannst. Fettes Fleisch ist gutes Fleisch. Das gibt Kraft. Vor allem bei so eisiger Kälte.«

»Sag deiner Mutter, dass ich mich sehr darüber freue.« Muriel verschloss den Beutel schnell wieder. Der strenge Geruch erinnerte sie an das Abendessen und war für sie nur schwer zu ertragen. »Jetzt muss ich aber los, es ist schon spät«, sagte sie dann und gab Ascalon ein Zeichen. »Bayartai – Auf Wiedersehen.«

»Bayartai. Sain saihniig husie! Auf Wiedersehen und alles Gute!« Toja und Nara winkten ihr zum Abschied nach.

Ascalon trabte an. Nach Osten. Muriel richtete den Blick nach vorn, wo sich irgendwo jenseits der schneebedeckten Hügel das Lager des großen Mongolenherrschers befinden musste.

Der Tag verrann unter Ascalons Hufschlägen, ohne dass sich die Landschaft wesentlich änderte. Wohin Muriel auch blickte, erstreckten sich die schneebedeckten Hügel wie die Wogen eines riesigen Meeres bis zum Horizont. Die weiße Decke begann unter den wärmenden Sonnenstrahlen allmählich zu schmelzen und so zeigten sich vor allem an den südlichen Flanken immer häufiger Gräser, Felsen und Erde, die die Wärme vom Schnee befreit hatte. Hin und wieder rupfte Ascalon im Gehen etwas von dem Gras ab, blieb dabei aber nie stehen.

Vereinzelte Gruppen von Bäumen und Sträuchern erhoben sich über dem Schnee und ab und an sah Muriel auch heimische Tiere. Hirsche und wilde Yaks und einmal auch eine Herde schafähnlicher Kreaturen mit großen rüsselartigen Nasen und kurzen gedrehten Hörnern, deren Namen sie nicht kannte. Am Nachmittag hörte sie in der Ferne das schaurige Heulen von Wölfen und erspähte eine Handvoll der gefürchteten Tiere auf einer Hügelkuppe im Norden. Die Wölfe hingegen schienen sich nicht für sie zu interessieren. Ihr Heulen entfernte sich rasch und war bald nicht mehr zu hören.

Ascalon hatte ein kräftesparendes Tempo gewählt, das er mühelos auch über eine lange Entfernung beibehalten konnte. Muriel überließ es ihm, den Weg zu wählen. Sie vertraute ihm, begann aber allmählich, sich Sorgen zu machen. Die Sonne wanderte langsam auf den Horizont zu, weit und breit waren jedoch noch keine Spuren eines großen Lagers zu sehen. Was, wenn sie es an diesem Tag nicht mehr erreichten? Sie hatte weder ein Zelt bei sich noch etwas zu essen. Die Teigtaschen von Tojas Mutter hatte sie entgegen ihres festen Vorsatzes schließlich doch gegessen.

Ihre Mutter verwendete häufig das Sprichwort »der Hunger treibt es rein«. Bisher hatte Muriel damit nicht viel anfangen können, nun wusste sie, was es bedeutete: Wenn man wirklich Hunger hatte, aß man auch Dinge, die man sonst nicht gegessen hätte. So wie die mit Hammelfleisch gefüllten Teigtaschen. Muriel hatte sie wegwerfen wollen, es aber nicht gewagt, weil sie dem Lager von Toja noch so nah gewesen war. Dann hatte sie den Lederbeutel vergessen und erinnerte sich erst wieder daran, als der Hunger so groß wurde, dass sie sich fast nicht mehr an dem Hammelfleisch gestört hatte.

Die letzte Teigtasche hatte sie vor einer gefühlten Stunde gegessen. Jetzt war der Beutel leer und es sah ganz so aus, als ob sie die Nacht frierend, hungrig und ohne Dach über dem Kopf in der Steppe verbringen musste.

»Kannst du nicht schneller reiten?«, drängte sie Ascalon. »Ich habe keine Lust, heute Nacht von Wölfen gefressen zu werden.«

Ascalon schien zu nicken, beschleunigte seine Schritte aber nicht. Wie immer hatte er seinen eigenen Kopf und schien genau zu wissen, was er zu tun hatte und wohin er gehen musste. Muriel seufzte, bedrängte Ascalon aber nicht weiter und überließ ihm die Führung.

Als glutroter Ball sank die Sonne hinter die Hügel und nahm die Wärme mit sich fort. Mit dem schwindenden Licht kam auch die Müdigkeit. Der Schlafmangel der vergangenen Nacht und die Strapazen des langen Rittes forderten immer nachdrücklicher ihren Tribut. Muriel gähnte immer wieder und erwischte sich zwei Mal selbst dabei, im Sitzen eingeschlafen zu sein.

Fröstelnd setzte sie sich auf und schaute sich um, in der Hoffnung, irgendwo den Schein eines Lagerfeuers zu entdecken. Doch vergeblich. Unter den funkelnden Sternen, die immer zahlreicher am Himmel erschienen, lag die Steppe so einsam vor ihnen, als wären sie und Ascalon die einzigen Lebewesen von hier bis zum Horizont.

»Was ist los?«, fragte Muriel. Sie war müde, hungrig und fror. Sie wünschte sich nichts sehnlicher, als einen Platz zum Schlafen an einem warmen Feuer und etwas zu essen. Ascalon schien es nicht viel besser zu ergehen. Auch er wirkte erschöpft. Längst war er vom Trab in den Schritt gefallen und ließ den Kopf hängen. Dass Ascalon ebenso wie sie unter Kälte und Hunger litt, tröstete Muriel wenig. Sie hatte geglaubt, dass er den Weg kannte – ein Fehler, wie sich nun herausstellte.

Der Mond ging auf. Rund und voll erhob er sein Antlitz über die schneebedeckten Hügel der mongolischen Steppe.

Ganz in der Nähe heulte ein Wolf.

Der lang gezogene Ton fuhr Muriel durch Mark und

Bein. Ihr Herz raste. Schlagartig war sie hellwach. Ascalon hob den Kopf und spitzte die Ohren. Muriel sah, wie er sie wachsam in alle Richtungen drehte und lauschte.

Ein zweiter Wolf heulte.

Diesmal vor ihnen.

Ein Dritter stimmte hinter ihnen mit ein.

Als ein vierter Wolf zu ihrer Linken sein schauerliches Heulen erklingen ließ, hatte Muriel schon fast damit gerechnet. Es gehörte nicht viel dazu, um zu erkennen, dass sie umzingelt waren – allein, unbewaffnet und erschöpft, genau die richtige Beute für ein Rudel hungriger Wölfe.

Umzingelt

Für gewöhnlich fühlte Muriel sich sicher, wenn sie auf Ascalons Rücken saß. Seine wirbelnden Hufe konnten zu furchtbaren Waffen werden und oft genügte ein scharfer Ritt, um sie aus einer Gefahrenzone zu bringen. Diesmal jedoch verspürte sie alles andere als Zuversicht. Es war Nacht, die Steppe endlos und einsam. Weit und breit gab es keinen Hinweis auf Menschen, nirgends einen Ort, der ihnen Schutz hätte bieten können. Sie hatte nichts, womit sie sich verteidigen konnte, und Ascalon würde eine Flucht nach dem heutigen Ritt nicht lange durchhalten.

Im Mondlicht sah sie die Wölfe näher kommen. Vier ... sieben ... neun dunkle Umrisse auf weißem Schnee. Und es wurden immer mehr. Irgendwann gab Muriel es auf, die Wölfe zu zählen. Das Rudel musste inzwischen mehr als dreißig Tiere umfassen. Genug, um es mit einem wild gewordenen Yak aufzunehmen. Die Wölfe begleiteten sie wie eine Eskorte. Sie waren vor, hinter und neben ihnen – einfach überall. Abwartend und lauernd. Muriel sah ihre Augen aufblitzen. Sie griffen nicht an – noch nicht. Sie hatten ihre Beute eingekreist und alle Zeit der Welt.

In einem Film über Wölfe hatte Muriel erfahren, dass die klugen Tiere bis zu vierzehn Tage ohne Nahrung auskommen konnten. Dort war auch gesagt worden, dass Wolfsrudel oft tagelang mit der Herde der Beutetiere ziehen, um bei einer günstigen Gelegenheit zuzuschlagen.

Eine günstige Gelegenheit ... Muriel schaute sich furchtsam um. Es hatte tatsächlich den Anschein, als würden die Wölfe auf eine solche warten. Ascalon war ihnen fremd. Ein so großes Pferd hatten sie sicher noch nie gesehen. Vermutlich versuchten sie herauszufinden, ob er für sie eine Gefahr darstellte, ehe sie einen Angriff wagten. Dass dieser nicht erst in ein paar Tagen erfolgen würde, daran zweifelte Muriel nicht.

Sie hatte den Gedanken noch nicht zu Ende geführt, als sich zwei der Wölfe aus dem Rudel lösten und im schnellen Sprint zu ihnen aufschlossen. Ascalon sah sie kommen und spurtete los. Aber der Angriff war wohl nur eine Finte, denn die Wölfe fielen schon nach einer kurzen Strecke zurück und gesellten sich wieder zu den anderen.

Sie wollen bestimmt herausfinden, wie viel Kraft Ascalon noch hat, überlegte Muriel. Zu jeder anderen Zeit hätte sie die Intelligenz der Tiere bewundert, aber die Angst vor den Wölfen war zu groß.

Ascalon schien ihre Furcht nicht zu teilen. Zwar hatte er die Ohren aufgestellt und wandte diese zuckend in alle Richtungen, machte aber keine Anstalten, schneller zu laufen. Muriel spürte, wie er ihr einen beruhigenden Gedanken sandte. *Vertrau mir,* schien er ihr damit sagen zu wollen, aber obwohl Muriel das zu gern getan hätte, wollte es ihr nicht gelingen.

So ritten sie durch die Nacht, die ihren Mantel inzwischen gänzlich über die Steppe gebreitet hatte und in ihren Schatten mehr verbarg als offenbarte. Muriel schaute sich immer wieder um. So oft, dass ihr schon nach kurzer Zeit der Nacken schmerzte. Aber der Mond hatte sich hinter einer Wolke verborgen und sosehr sie auch in die Dunkelheit starrte, immer konnte sie nur einige wenige Wölfe sehen, die sich mit blitzenden Augen in ihrer Nähe bewegten.

Schließlich hielt sie es nicht mehr aus: »Lauf schneller, Ascalon!«, flehte sie. »Bitte, lauf doch schneller.« Sie rechnete nicht wirklich damit, dass Ascalon auf sie hören würde, aber das Wunder geschah. Nur wenige Augenblicke, nachdem sie die Worte ausgesprochen hatte, trabte er an.

Muriel fiel ein Stein vom Herzen. Wölfe waren keine Hetzjäger, das wusste sie. Wenn Ascalon nur lange genug sehr schnell ritt, hatten sie gute Chancen ihnen zu ent...

Achtung!

Nur Bruchteile einer Sekunde, nachdem Ascalons Warnung Muriel erreichte, strauchelte der Wallach. Sein rechtes Bein knickte ein, als wäre er mit dem Huf in eine Mulde getreten. Muriel wurde nach vorn geschleudert und schlang die Arme instinktiv um seinen Hals. Das beherzte Zupacken bewahrte sie davor, den Halt zu verlieren und vom Pferd zu stürzen. In ihren Ohren rauschte das Blut und ihr Herzschlag hatte sich vor Schreck noch einmal beschleunigt.

Als sie sich wieder aufrichtete, bemerkte sie, dass Ascalon humpelte. Irgendetwas stimmte nicht mit seinem rechten Bein. Muriel spürte, wie sich ihre Kehle zuschnürte. Ascalon hatte sich verletzt. Aber das durfte nicht sein. Nicht jetzt, nicht hier und vor allem nicht mit einem hungrigen Wolfsrudel im Nacken.

»Ascalon! Was ist mit dir?« Muriel kämpfte gegen die Tränen an, die die Verzweiflung ihr in die Augen trieb. Liebevoll tätschelte sie den Hals ihres Pferdes und fragte besorgt: »Hast du dich verletzt?«

Ascalon schüttelte nur die weizenblonde Mähne, humpelte aber weiter.

»Hast du Schmerzen?«

Wieder ein Kopfschütteln. Offenbar täuschte Ascalon die Verletzung nur vor.

»Aber du humpelst.«

Keine Reaktion.

Die Wölfe schlossen jetzt schnell zu ihnen auf und kamen immer näher. Muriel war sich sicher, dass sie ihre

Chance witterten. Ein lahmendes Pferd war eine leichte Beute, auch wenn es so groß war wie Ascalon ... Muriel überlegte: Konnte es sein, dass Ascalon die Wölfe mit seinem Verhalten anlocken wollte? War es möglich, dass er sie absichtlich in Gefahr brachte? Aber warum? Was hatte er vor?

Der Mond schaute hinter der Wolkenbank hervor, und als wäre dies ein Zeichen, stimmte einer der Wölfe im selben Augenblick ein schauriges Geheul an. Der Laut erhob sich über der Steppe, brach die nächtliche Stille und jagte Muriel einen eisigen Schauder über den Rücken. Ein weiterer Wolf fiel in das Heulen ein, dann noch einer und noch einer, bis ihr vielstimmiges Jaulen und Heulen unheilvoll und todkündend über die Steppe hallte.

»Lauf, Ascalon!«, rief Muriel ihrem Pferd über das Heulen der Wölfe hinweg zu, während sie gleichzeitig mit den Fersen gegen seinen Bauch und mit den Fäusten auf seinen Rücken trommelte, um ihn zu einer schnelleren Gangart zu bewegen. »Bitte lauf!« Doch vergeblich. Ascalon reagierte nicht. Er ließ den Kopf hängen und humpelte so kläglich, als hätte er große Schmerzen. Dann blieb er stehen.

Der erste Wolf griff sie von hinten an.

Muriel sah ihn nicht kommen. Erst als er aufjaulte, weil Ascalons Huf ihn mit voller Wucht traf und fortschleuderte, bemerkte sie den heimtückischen Angriff. Zum Aufatmen blieb ihr jedoch keine Zeit. Dem Vorbild des mutigen

Wolfs folgend, gingen nun auch die anderen Tiere des Rudels zum Angriff über. Das Heulen verstummte. Dafür erfüllte ein dumpfes Knurren die Luft, während die Wölfe geduckt und mit gebleckten Zähnen näher kamen.

»Ascalon!« Muriels Stimme bebte. Als sie aufblickte, sah sie, dass die Wölfe nun auch die letzte Lücke in ihrem Belagerungsring geschlossen hatten. Sie waren umzingelt. »Ascalon, tu doch was!«

Aber Ascalon stand einfach nur da und ließ den Kopf hängen. Die Wölfe waren jetzt ganz nah. Ein Ring aus funkelnden Augen. Hungrig und blutrünstig. Ascalon begann zu tänzeln und sich im Kreis zu drehen. Er schien zu wissen, dass die Wölfe ihn zuerst von hinten angreifen würden, und versuchte sie zu verwirren. Muriel konnte den Blick nicht von den Wölfen abwenden. Es war wie in einem furchtbaren Albtraum, nur dass sie sich hier nicht fortstehlen konnte, indem sie erwachte. Ihr Kopf war wie leer gefegt, im Angesicht des Todes spürte sie nicht einmal mehr Angst. Ihr Verstand weigerte sich, die Lage als real anzuerkennen.

Bis zu dem Augenblick, als der erste Wolf zum Angriff überging, klammerte sich ein Teil von ihr verzweifelt an die Hoffnung, dass alles nur ein böser Traum war, während der andere Teil nicht minder heftig daran glaubte, dass die Schicksalsgöttin ihnen zu Hilfe eilen würde.

Beide Hoffnungen zerplatzen unter dem Ansturm der Wölfe wie Seifenblasen. Ascalon stieg mit wirbelnden Hufen und trat heftig nach hinten aus, doch immer, wenn er zwei Angreifer abgeschüttelt hatte, nahten schon neue heran, die mit ihren Pranken nach ihm schlugen und mit geifernden Zähnen nach ihm schnappten.

Muriel hatte alle Mühe, sich auf Ascalons Rücken zu halten. Es gab nichts, was sie tun konnte. Außer hoffen und ...

Ein schrilles Jaulen ganz in der Nähe ließ sie aufhorchen. Sie wandte sich um, konnte in der Dunkelheit aber nicht viel mehr erkennen als eine wogende Masse schwarzgrauer Leiber, die nachdrücklich ihren Anteil an der vermeintlichen Beute verlangten. Dem ersten folgten weitere Schmerzenslaute.

Immer öfter brachen einzelne Wölfe zusammen und blieben reglos auf der harten Erde liegen.

Muriel war verwirrt. Was ging hier vor? Insgeheim verfluchte sie die Nacht und den Mond, der sich schon wieder hinter Wolken verkrochen hatte.

Etwas surrte an ihrem Kopf vorbei und verfehlte sie nur knapp.

Ein Pfeil? Das konnte nicht sein. Nun spielten ihr ihre Sinne auch schon einen Streich. Hier gab es weit und breit niemanden, der Pfeile ... Muriel führte den Gedanken nicht zu Ende, als sie jenseits des Wolfsrudels Gestalten entdeckte, die sich ihnen schnell näherten.

Reiter!

Ein Strahl silbernen Mondlichts flutete durch eine Wolkenlücke und räumte auch die letzten Zweifel aus. Eine Gruppe von acht oder zehn Reitern auf kleinen Pferden preschte in halsbrecherischem Galopp heran. Ohne sich festzuhalten, feuerten sie mit ihren kurzen Bögen mitten in das Wolfsrudel hinein. Muriel war schwer beeindruckt, nicht nur, weil die Mongolen freihändig im Galopp ritten, sondern auch, weil nahezu jeder Pfeil sein Ziel traf. Als die Gruppe das Rudel fast erreicht hatte, teilte sie sich wie auf ein geheimes Kommando hin. Fünf Reiter wählten die rechte, vier die linke Flanke. All das geschah ohne Zurufe und ohne auch nur ein einziges Mal den Beschuss zu unterbrechen. In vollem Galopp preschten die Reiter an Muriel vorbei und begannen das Wolfsrudel zu umkreisen. Dabei schossen sie ihre Pfeile nicht nur nach vorn oder zur Seite, sondern auch, wie Muriel bewundernd bemerkte, wie selbstverständlich nach hinten, ohne dabei an Treffsicherheit zu verlieren.

Immer mehr Wölfe brachen aufjaulend zusammen, während die anderen allmählich von Ascalon abließen, um sich dem neuen Feind zuzuwenden oder – wie Muriel im Mondlicht vereinzelt erkennen konnte – die Flucht zu ergreifen.

Dann war es vorbei.

Der Mond tauchte vollständig hinter den Wolken auf, als hätte er sich entschieden, den mutigen Reitern Licht zu spenden, während diese ihre Pferde zügelten und sie zwischen den Leibern der getöteten Wölfe hindurch auf Ascalon zulenkten. Ein letzter Wolf suchte fluchtartig das Weite und wurde mitten im Lauf von einem Pfeil niedergestreckt, den einer der Reiter ihm nachsandte. Dann kehrte Ruhe ein.

Muriel schluckte trocken, als sie die vermummten dunklen Gestalten auf sich zukommen sah. Die Reiter hatten ihr das Leben gerettet und sie wollte gerne glauben, dass sie ihr freundlich gesonnen waren. Ganz sicher war sie sich dessen aber nicht.

»Hooe! Tschamaig hen gedeg ve? – Wie heißt du?«, rief der eine Reiter ihr zu.

»Namaig Ojuna gedeg! – Ich heiße Ojuna.« Muriels Stimme war erschreckend dünn, als sie ihren Namen nannte. Hastig fügte sie hinzu: »Ich ... ich danke euch. Ihr habt mir das Leben gerettet.«

»Tschamaig yu end avtschraav? – Was hat dich denn hierher verschlagen?«, wollte der Reiter wissen. Seine Stimme war dunkel und rau und ließ, ähnlich wie bei Tojas Vater, nicht erkennen, ob ein freundlicher oder abweisender Ton darin mitschwang.

»Ich bringe dem Großen Khan dieses Pferd als Geschenk.« Noch während Muriel das sagte, fiel ihr ein, dass zu viel Offenheit ein Fehler sein könnte. Sie wusste schließlich nicht, ob die Reiter dem Khan wohlgesonnen waren. Andererseits hatte sie so schnell keine andere Antwort parat.

»Ein Pferd für den Khan?« Der Mongole war sichtlich

überrascht. Dann lachte er. »Nun, wenn das so ist, kamen wir wirklich zur rechten Zeit. Der Khan ist überaus großzügig. Wenn wir dich und das Pferd zu ihm bringen, wird er sich gewiss erkenntlich zeigen.« Offenbar rechnete der Mongole in Gedanken bereits mit einer Belohnung. Muriel war das gleichgültig. Die Reiter hatten sie gerettet und sich eine Belohnung redlich verdient.

Von Ascalons Rücken aus beobachtete sie, wie die Mongolen abstiegen und damit begannen, die getöteten Wölfe zu häuten. Nun war sie doch froh, dass es zu dunkel war, um Einzelheiten zu erkennen, denn das Sprichwort »Jemandem das Fell über die Ohren ziehen« bekam angesichts der blutigen Arbeit für sie plötzlich eine ganz neue Bedeutung.

Einige Zeit später lagen sechzehn nackte Wolfskadaver in der Steppe, während sich deren Felle auf einem der mitgeführten Packpferde türmten. Muriel erfuhr, dass die Gruppe gerade von der Jagd zurückkehrte. Sie hatten am Nachmittag in der Steppe Gazellen gejagt, von denen fünf gut verschnürt auf den Rücken der Packpferde lagen. Die Jäger gehörten zum Heer des Großen Khan und waren auf dem Rückweg in ihr Lager, als sie die Wölfe hörten. Zunächst wollten sie sich nicht darum kümmern, doch dann hatte einer von ihnen Muriel entdeckt und sie hatten sich entschlossen, ihr beizustehen.

Ascalon gab sich nervös, als er von den Männern staunend bewundert wurde. Er scheute bei jeder Berührung, schnappte mit den Zähnen nach ihnen und schlug auch schon mal aus, jedoch ohne jemanden zu verletzen.

Der Bewunderung tat das ungewohnt aggressive Verhalten des Wallachs keinen Abbruch. Im Gegenteil. Keiner der Männer hatte jemals ein so großes und prächtiges Pferd gesehen und alle waren sich einig, dass ein so stolzes Tier eines Khans wahrlich würdig sei. Natürlich wollten sie auch wissen, wem der Khan ein solch edles Geschenk verdankte, aber diesmal war Muriel vorbereitet und verwies darauf, dass sie dies nur dem Khan persönlich erzählen dürfte.

So kam es, dass Muriel den Ritt in Begleitung der Mongolen fortsetzte. Obwohl sie sich freundlich gaben und sie ihnen ihr Leben verdankte, war sie auf der Hut. Die Jäger waren raue Burschen und sie war froh, dass Ascalon sich gebührenden Respekt verschafft hatte.

Als sie in der Ferne den Widerschein unzähliger Lagerfeuer sah, atmete sie auf. Sie war erschöpft und durchgefroren und freute sich auf eine warme Mahlzeit – selbst wenn diese aus Hammelfleisch bestand.

Obwohl es schon fast Mitternacht sein musste, kamen viele Menschen zusammen, um die Jäger zu empfangen, als diese wenig später ins Lager einritten. Im Licht unzähliger Fackeln wurden die Männer freudig begrüßt und die Beute wohlwollend begutachtet.

Am Ende aber war es Ascalon, dem die meiste Aufmerksamkeit galt. Die Kunde, dass ein außergewöhnliches Pferd im Lager angekommen war, schien sich wie ein Lauffeuer herumzusprechen, und ehe Muriel sich versah, fand sie sich inmitten einer dicht gedrängten Menschenmenge wieder. Die Mongolen starrten Ascalon an und berührten ihn immer wieder ehrfürchtig, als müssten sie sich davon überzeugen, dass ein echtes Pferd vor ihnen stand.

Zum Glück blieb Ascalon diesmal friedlich. Anders als draußen in der Steppe ertrug er die Enge, das Lärmen der aufgebrachten Menge und die Berührungen mit bewundernswerter Ruhe. Vielleicht, weil auch er erschöpft war, vielleicht, weil er wusste, dass er die Mongolen jetzt nicht verärgern durfte. Die Jäger, die sie zum Lager geführt hatten, hatte Muriel längst aus den Augen verloren. Weil sie nicht wusste, was sie tun sollte, blieb sie einfach auf Ascalon sitzen und wartete darauf, dass sich die Aufregung legte, während sie die Hoffnung auf etwas zu essen oder ein warmes Nachtlager fürs Erste begrub.

Wann immer sie gefragt wurde, ob Ascalon ihr gehörte, oder wie sie dazu gekommen war, ihn zu reiten, antwortete sie knapp, dass Ascalon ein Geschenk für den Großen Khan wäre. Die Antwort vermittelte ihr ein Gefühl von Sicherheit, denn sie hoffe, dass es dann niemand wagen würde, ihr oder Ascalon ein Leid anzutun. Dschingis Khan, so viel hatte sie inzwischen schon mitbekommen, wurde im Lager von allen verehrt, aber auch gefürchtet, denn er galt als ein strenger Herrscher, der nicht zögerte, ein Unrecht aufs Härteste zu bestrafen.

Als Muriel schon glaubte, die ganze Nacht eingekeilt in der Menge verbringen zu müssen, änderte sich die Stimmung auf dem Platz schlagartig. Das Lärmen und Rufen verstummte so abrupt, als hätte jemand einen Schalter umgelegt. Die Mongolen wichen von Ascalon zurück. Die Männer reckten die Hälse, die Frauen steckten tuschelnd die Köpfe zusammen und die Kinder suchten Schutz bei ihren Müttern.

Die Stille war erdrückend. Die Luft schien sich zu verdichten und machte das Atmen schwer, während sich das Gefühl, dass etwas geschehen würde, weiter verstärkte. Gleich darauf teilte sich die Menge und Muriel sah eine Reihe von Fackeln durch die Gasse auf sich zukommen. Einzelheiten konnte sie in der Dunkelheit nicht ausmachen, aber das war auch nicht nötig. Die Ehrfurcht der Mongolen ließ keinen Zweifel daran, wer sich gerade näherte …

Der Große Khan

Dschingis Khan war der Inbegriff eines Mongolen. Für die Verhältnisse seines Volkes war er hochgewachsen und breitschultrig, mit harten, fast grimmigen Gesichtszügen, buschigen, eng zusammenstehenden Brauen über den geschlitzten Augen und einem langen schwarzen, unter dem Kinn spitz zulaufenden Schnauz- und Kinnbart, der den Eindruck der schlechten Laune noch verstärkte.

Mit dem knielangen fellbesetzten Mantel, den hohen bestickten Reitstiefeln und dem spitzen Hut, dessen Fellbesatz seine Stirn fast vollständig bedeckte, war er ähnlich gekleidet wie die Jäger, die Muriel ins Lager geführt hatten, nur dass seine Kleidung sehr viel aufwendiger gearbeitet und kostbarer mit Schmuck aus Gold und Silber verziert war.

Mit wohlbemessenen Schritten trat er aus der Gasse, blieb stehen und musterte Ascalon und Muriel mit einer so versteinerten Miene, dass Muriel es mit der Angst bekam. Ihm folgten fünf weitere Männer, deren Aussehen und Auftreten keinen Zweifel daran ließen, dass sie im Lager eine ranghohe Stellung innehatten. Dazu ein paar Halbwüchsige, die Fackeln trugen. Respektvoll warteten die Männer einen halben Schritt hinter ihrem Anführer, während die Fackelträger sich rings um Ascalon aufstellten, um den Platz zu erhellen.

Der Große Khan ließ sich Zeit. Die Hände in die Hüften gestemmt, umrundete er Muriel und Ascalon schweigend. Nichts deutete darauf hin, was er empfand oder was er über den ungewöhnlichen Besuch dachte.

»Wahrlich ein prächtiges Pferd«, stellte er schließlich fest, worauf sich ringsum ein zustimmendes Gemurmel erhob, das abrupt verstummte, als der Khan befehlend den Arm hob.

»Ein Geschenk?«

Es dauerte einige Herzschläge, bis Muriel begriff, dass die Frage ihr galt. »Ja, Großer Khan«, erwiderte sie hastig und hoffte, dass sie die richtige Anrede gewählt hatte.

»Von wem?« Der Khan schien kein Mann großer Worte zu sein.

»Der Himmelsgott Tengri erschien mir im Traum und trug mir auf, es zu dir zu führen«, erklärte Muriel, wie die Schicksalsgöttin es ihr geraten hatte. »Es soll dich auf dem Feldzug gegen die Tanguten zu Ruhm und Reichtum tragen.«

Wieder lief ein Raunen durch die Menge. Diesmal als Ausdruck des Erstaunens. Ascalon war so prächtig anzusehen, dass niemand an der Wahrheit ihrer Worte zu zweifeln schien.

»Ein Pferd der Götter ...« Der Khan sprach gedehnt, als müsste er die Worte erst abwägen. Dann hob er die Hand und gab wortlos ein Zeichen. So schnell, als hätte er nur darauf gewartet, eilte ein kleinerer Mongole herbei, dessen Gewand aus Fellstreifen und Tierschwänzen zu bestehen schien. Die Kappe auf seinem Kopf war ähnlich gearbeitet. Hier fielen ihm die Fellstreifen und Tierschwänze wie eine Langhaarperücke bis auf die Schultern herab. In der einen Hand hielt er eine flache mit Leder bespannte Trommel, in der anderen etwas, das Muriel entfernt an eine übergroße Babyrassel erinnerte. Sie wusste nicht viel über die Mongolen, vermutete aber, dass er so etwas wie ein Medizinmann sein musste. Diese Vermutung bestätigte sich, als der Khan das Wort an ihn richtete. »Was hältst du davon, Schamane*?«

Der Schamane begann, Ascalon mit wiegenden und tänzelnden Schritten zu umkreisen, dabei gab er zischende Geräusche von sich, hob und senkte beschwörend die Arme und schlug in unregelmäßigem Takt die Trommel.

Dump ... schschsch ... dump, dump ... schschsch ... dump ...

Ascalon tänzelte. Seine Ohren zuckten. Das Gehabe des

Schamanen und die Geräusche machten ihn nervös. Auch Muriel war angespannt. Sie hatte immer noch nichts gegessen und fror inzwischen so sehr, dass sie ein Zähneklappern nur mit Mühe unterdrücken konnte. Anmerken ließ sie es sich jedoch nicht. Sie wusste, dass dies der alles entscheidende Augenblick ihrer Reise war. Der Khan vertraute dem Schamanen. Von seinem Urteil würde es abhängen, ob er das Geschenk annahm oder nicht.

Dump ... schschsch ... dump, dump ... schschsch ...

Der Schamane umrundete Ascalon ein zweites Mal. Dann ließ er die Arme sinken, trat vor den Khan und sagte: »Ich spüre den Atem der Götter an diesem Tier. Sie sagt die Wahrheit.«

Auf dem Gesicht des Khan zeigte sich ein breites Grinsen. Er wirkte erleichtert, ganz so, als habe er schon befürchtet, das Urteil des Schamanen könnte anders ausfallen. Stolz und glücklich ein so prächtiges Pferd sein eigen nennen zu dürfen, hob er die Arme und verkündete mit lauter Stimme. »Ihr habt es gehört, Männer. Dieses Pferd sandte Tengri selbst in die Steppe, um mir zu gefallen. Ich fühle mich geehrt und nehme die Gabe an.«

Jubel brandete auf, aber der Khan hob sogleich wieder den Arm und wandte sich an Muriel. »Ich danke dir, Mädchen«, sagte er nun wieder ohne ein Lächeln. »Du hast mir das Wertvollste gebracht, das ein Mann besitzen kann, und sollst mein Gast sein – Kubilay!« Er winkte einen der Männer herbei, die hinter ihm standen. »Er wird dich in seinem Ger willkommen heißen und dafür sorgen, dass es dir an nichts mangelt.«

»Danke!« Muriel hatte einen dicken Kloß im Hals. Sie wusste, dass sie nun absitzen und Ascalon an den Khan übergeben musste, aber sie rührte sich nicht. Alles in ihr sträubte sich dagegen, sich von Ascalon zu trennen.

Geh!, drängte Ascalon. *Schnell!*

Muriel zögerte, dann schwang sie sich von Ascalons Rücken, fasste ihn an der Mähne und führte ihn die wenigen Schritte auf den Khan zu. »Möge er dich zu Ruhm und Reichtum führen, so wie der große Tengri es bestimmt hat«, sagte sie mühsam beherrscht, löste die Hand aus der Mähne und beobachtete, wie der Khan Ascalon über den Nasenrücken strich. »Ein Pferd der Götter«, hörte sie ihn murmeln. »Eines Großkhans und eines Siegers würdig.« Dann wandte er sich um, fasste in Ascalons Mähne und führte ihn durch die Gasse davon. Vier der fünf Männer schlossen sich ihm an, während die Fackelträger eilig an Muriel vorbeihuschten, um dem Khan den Weg zu leuchten.

Die Menge zerstreute sich.

»Ich fühle mich geehrt, die Botin Tengris meinen Gast nennen zu dürfen.« Der Mongole, den der Khan ihr als Kubilay vorgestellt hatte, trat näher und machte eine auffordernde Handbewegung. »Du musst hungrig und erschöpft sein«, sagte er mit erstaunlich angenehmer Stimme. »Folge mir zu meinem Ger. Meine Frauen werden eine Mahlzeit für dich bereiten und dir ein Lager für die Nacht herrichten.«

Kubilays Ger unterschied sich in Größe und Raumaufteilung kaum von dem, in dem Toja mit ihrer Familie wohnte, allerdings waren die Kissen und Wandbehänge kunstvoller bestickt, statt Fellen gab es bunte Decken für die Nacht und auch das Geschirr und die Töpfe waren kostbarer als die, welche die einfachen Leute verwendet hatten. Wie alles im Ger zeugte auch die Kleidung der Frauen davon, dass Kubliay im Heer des Khan eine gehobene Stellung innehaben musste.

Tapfer leerte Muriel die Schale mit Airag, die ihr auch diesmal zur Begrüßung gereicht wurde, und verzehrte einige Stücke Aruul*, eine Speise aus getrocknetem Quark. Die in Quader geschnittenen Stücke waren schwer zu kauen und mussten daher gelutscht werden, aber sie sättigten und Muriel fühlte sich schon bald gestärkt. Die Wärme des Feuers tat ein Übriges, um sie schläfrig zu machen, und es fiel ihr immer schwerer, die Augen offen zu halten.

Kubilay entging das nicht. Mit knappen Worten wies er eine seiner vier Frauen an, ein Nachtlager für Muriel herzurichten. Muriel atmete auf. Die kostbaren Kissen und Decken übten auf sie eine fast magische Anziehungskraft aus und kaum, dass sie sich niedergelegt hatte, war sie auch schon eingeschlafen.

»Wie eine Göttin sieht sie aber nicht aus.«

»Nein.«

»Sie sieht aus wie wir.«

»Nur älter.«

»Aber nicht wie eine Göttin.«

Muriel hörte Kinderstimmen, als sie langsam erwachte. Blinzelnd öffnete sie die Augen und erhaschte gerade noch einen Blick auf die Gesichter von drei kleinen Mädchen, die sich über sie gebeugt hatten und nun kichernd das Weite suchten.

»Amra, Venja, Thuy! Schämt euch! Jetzt habt ihr sie aufgeweckt.« Die strenge Stimme einer Frau ließ die Mädchen endgültig die Flucht ergreifen. Ein kühler Windzug streifte Muriels Wange, als die drei aus dem Zelt stürmten.

»Verzeih, aber sie haben deine Ankunft in der Nacht verschlafen und waren neugierig.« Die Frau kam näher und setzte sich an Muriels Lager. Sie war noch sehr jung und in Muriels Augen ausgesprochen hübsch, weil sie für eine Mongolin sehr große Augen und ein schmales Gesicht hatte. Irgendwie sieht sie mehr wie eine Indianerin aus, dachte Muriel bei sich, sagte dann aber: »Das macht gar nichts. Daheim habe ich auch eine kleine Schwester, die sehr neugierig ist.«

»Dann ist es ja gut.« Die Frau lächelte. »Ich bin Sande-An«, sagte sie. »Verrätst du mir deinen Namen?«

»Mur ... Ojuna«, korrigierte Muriel sich hastig.

»Mur-Ojuna?« Die Frau zog die Stirn kraus. »Das ist aber ein seltsamer Name.«

»Ojuna«, sagte Muriel noch einmal, während sie sich aufrichtete. »Ich heiße Ojuna.«

»Ojuna.« Sande-An nickte zustimmend und fragte dann: »Möchtest du etwas essen?«

»Ja, gern.« Muriel erhob sich und folgte der Frau zum Feuer, wo eine Pfanne mit einer braunen Creme bereitstand. »Oh, Khailmag.« Muriel machte aus ihrer Freude über den Anblick des süßen Breis kein Geheimnis. Von allen Speisen der Mongolen, die sie bisher kennengelernt hatte, aß sie die karamellisierte Creme am allerliebsten.

Sande-An lachte. »Es ist die Lieblingsspeise meiner Kinder«, sagte sie. »Da dachte ich, du magst es sicher auch. Die Mädchen waren sehr glücklich, dass es dir zu Ehren heute Morgen Khailmag gibt.«

»Ich bin auch sehr glücklich darüber.« Muriel nahm den Teller mit dem warmen Brei dankend entgegen und begann zu essen.

»O, sie ist schon wach.«

Muriel hatte kaum die Hälfte gegessen, als die Klappe vor dem Zelt erneut zurückgeschlagen wurde. Ein Junge, etwa in ihrem Alter, kam herein und setzte sich so selbstverständlich zu ihr, als würden sie sich schon lange kennen. »Ich bin Baku, Kubilays Sohn«, stellte er sich vor und fragte, ohne eine Antwort abzuwarten: »Hast du den Himmelsgott wirklich gesehen?«

Baku!

Muriel wäre fast der Löffel aus der Hand gefallen, als sie sich dem Gesuchten so unvermittelt gegenübersah. Die Göttin hatte ihr zwar erzählt, dass der Junge ungefähr in ihrem Alter war, davon, dass er der Sohn eines Vertrauten des Khan war, hatte sie jedoch nichts gesagt. Muriel hatte geglaubt, ihn erst mühsam im Lager suchen zu müssen, und konnte nicht fassen, dass es so einfach sein sollte.

»Was ist?«, fragte Baku. »Habe ich dich verärgert?«

»Nein ... nein.« Muriel schüttelte hastig den Kopf, als sie bemerkte, dass sie Baku angestarrt hatte. Nun war sie froh, dass die Mongolen eine so kräftige Hautfarbe hatten und niemand sehen konnte, wie sie errötete. »Es war nicht unhöflich. Ich ... ich war ... nur etwas überrascht.«

»Ach so.« Baku atmete hörbar auf und fragte erneut: »Was ist nun mit Tengri?«

»Er ist mir im Traum erschienen«, wiederholte Muriel das, was sie auch dem Khan schon erzählt hatte.

»Und? Wie sah er aus?«

»Ich weiß es nicht.« Muriel schüttelte bedauernd den Kopf. »Als ich aufgewacht bin, konnte ich mich nicht mehr an den Traum erinnern. Nur daran, was der Himmelsgott mir aufgetragen hat.«

»Dem Khan das Pferd zu bringen«, ergänzte Baku und seufzte. »Schade. Ich hatte gehofft, von dir mehr zu erfahren. Die Schamanen behaupten, mit den Göttern zu sprechen, aber sie erzählen auch nie etwas.«

»Vielleicht vergessen sie die Bilder so wie ich und können sich auch nur an die Botschaften erinnern«, meinte Muriel, die das Gefühl hatte, etwas sagen zu müssen.

»Das glaube ich nicht.« Baku schüttelte den Kopf.

»Warum nicht?«

»Weil der Khan Tengri auch schon gesehen hat.«

»Baku, du weißt, was die Legende sagt«, mischte Sande-An sich in das Gespräch der beiden ein. »Der Urahn unseres Khan war ein von Tengri gezeugter grauer Wolf. Seine Gemahlin war eine weiße Hirschkuh. Da ist es doch kein Wunder, dass der Khan ein besonderes Verhältnis zu den Göttern hat.« Sie lächelte. »Tengri liebt den Khan wie einen Sohn. Sonst wäre er niemals so mächtig geworden.«

»Irgendwann werde ich Tengri auch einmal sehen«, sagte Baku und es klang wie ein Schwur.

Sande-An schmunzelte und wuschelte ihm durch das Haar. »Ja sicher, aber das hat noch viele Sommer Zeit«, sagte sie. »Wir werden ihn alle sehen, wenn die Zeit gekommen ist.«

»So lange warte ich nicht.« Baku stand auf und verließ das Zelt.

»Warum will Baku Tengri denn unbedingt sehen?«, wandte Muriel sich an Sande-An.

»Weil seine Mutter vor fünf Jahren gestorben ist.« Ein Schatten huschte über Sande-Ans Gesicht. »Er trauert immer noch um sie und hadert mit dem Schicksal. Es gibt wohl einiges, das er Tengri gerne sagen würde.« Sie seufzte. »Ich denke, es ist besser, wenn er dem Himmelsgott nicht begegnet, solange er so zornig ist.«

Muriel schaute sich um und erinnerte sich daran, dass in der Nacht noch weitere Frauen im Ger gewesen waren. »Wo sind die anderen Frauen?«, fragte sie, um das Thema zu wechseln.

»Sie bereiten das Naadam und das Treffen der Klans vor«, sagte Sande-An. »Es ist das letzte große Fest vor dem Aufbruch. Der Großkhan will sich damit noch einmal der Unterstützung seiner Verbündeten versichern, ehe er in den Krieg gegen die Tanguten zieht.«

»Ein Naadam?« Muriel bemühte sich, echte Begeisterung in der Stimme mitschwingen zu lassen. Von Toja wusste sie, dass ein Pferderennen zum Naadam gehörte. Offenbar war es ein Fest, auf das sich jeder Mongole freute. »Wann ist es denn so weit?«

»Noch eine Handvoll Tage.« Sande-An hob eine Hand in die Höhe und spreizte die Finger ab. Zählen konnte sie offenbar nicht. »Du bist natürlich so lange unser Gast. Kubilay hat gesagt, du kannst gern hierbleiben und dir die ›Drei Spiele der Männer‹ ansehen.«

»Das ist sehr freundlich.« Muriel strahlte. »Ich bleibe gern.«

»Aber es gibt nicht jeden Morgen Khailmag.« Sande-An zwinkerte Muriel zu, nahm deren Teller und erhob sich. »Möchtest du noch etwas?«

»Nein danke.« Muriel schüttelte den Kopf. »Es war gut, aber ich bin so satt wie schon lange nicht mehr.« Sie stand auf und fügte hinzu: »Ich werde mich draußen ein wenig umsehen.« Mit diesen Worten nahm sie ihren langen Mantel an sich, tauschte die dünnen Lederhalbschuhe, die in Kubilays Ger getragen wurden, gegen ihre warmen, fellgefütterten Stiefel und trat aus dem Zelt.

Im Lager

Heller Sonnenschein empfing Muriel, als sie das Ger verließ, und zwang sie für einen Moment, die Augen zu schließen. Da sie nichts sehen konnte, nahm sie die Welt um sich herum mit den anderen Sinnen fast überdeutlich wahr. Gerüche von gekochtem Hammelfleisch, von Pferden, Leder und dem markanten Rauch der Dungfeuer streiften ihre Nase. Das Stimmengewirr ringsumher zeugte von vielen Menschen, die auf engem Raum zusammenlebten, und erinnerte an das Summen eines Bienenschwarms, über dem sich nur hin und wieder laute Stimmen oder vereinzelte Rufe erhoben.

Das Lager war erfüllt von einer Aufbruchstimmung und einer Betriebsamkeit, die sicher auch daher rührte, dass die Mongolen tagelang untätig im Schneesturm hatten ausharren müssen. Die Sonne tat ein Übriges, um sie darin zu unterstützen. Als Muriel die Augen öffnete, sah sie den

Boden dampfen. Wie schon am Vortag schmolzen die warmen Sonnenstrahlen den Schnee so rasch dahin, dass man förmlich dabei zusehen konnte. Und obwohl es in der sternenklaren Nacht noch einmal kräftig gefroren hatte, schien die Macht des langen Winters nun endgültig gebrochen zu sein.

Überwältigt von der Vielzahl der Eindrücke, die nach dem langen und einsamen Ritt durch die Steppe nun auf sie einstürmten, schaute Muriel sich um. Das Lager war riesig. So weit das Auge reichte, erstreckte es sich zu beiden Seiten eines kleinen Flusses, der sich munter plätschernd durch die Steppe wand. Helle Rauchfahnen stiegen über den unzähligen Rundzelten auf, die die Mongolen hier errichtet hatten. Jedes Zelt war anders. Dazwischen spielten kleine Kinder. Die Erwachsenen liefen geschäftig umher und auch Pferde prägten das Bild im Lager. Alles wirkte sehr geordnet. Ein jeder schien einer Aufgabe nachzugehen.

Eine Gruppe älterer Mädchen kam an Muriel vorbei. Der strenge Geruch, der ihren Körben entströmte, ließ keinen Zweifel daran, dass sie vom Dungsammeln heimkehrten. Muriel entfernte sich und gelangte auf einen freien Platz, wo sich ein paar ältere Jungen im Bogenschießen übten. Daneben saßen Männer auf Teppichen, die ihre Waffen schärften oder Zügel reparierten und den Jungen hin und wieder etwas zuriefen. Etwas weiter entfernt entdeckte Muriel einige alte Frauen, die Kleidungsstücke aus gegerbtem Leder anfertigten und bestickten.

Weil sie nicht wusste, wohin sie sich wenden sollte, ging sie einfach drauflos. Ohne ein Ziel lief sie zwischen den Zelten umher und nahm die vielen fremdartigen Eindrücke auf, denen sie begegnete. Es dauerte eine Weile, bis sie sich bewusst wurde, dass sie in Wirklichkeit auf der Suche war. Je länger sie umherstreifte, desto klarer wurde ihr, dass sie eigentlich nach Ascalon Ausschau hielt. Sie waren erst eine Nacht getrennt, aber sie vermisste ihn schon jetzt ganz schrecklich und wollte unbedingt wissen, wie es ihm erging.

Aber wo sollte sie ihn suchen? Die Zelte sahen alle anders aus. Zwar waren alle gleich gebaut, aber Felle und bunte Decken, die die Außenwände aus Filz verstärkten, ließen jedes Ger anders erscheinen. Die Unterschiede waren jedoch nicht wirklich einprägsam und so musste Muriel sich nach einer gefühlten halben Stunde eingestehen, dass sie sich hoffnungslos verlaufen hatte. Wenn der Zufall ihr nicht zu Hilfe kam, würde sie weder Ascalon noch das Zelt ihrer Gastgeber je wiederfinden.

Einmal fragte sie zwei Mädchen, wo sie das Zelt des Khan finden könnte, aber die starrten sie nur an und fragten: »Das weißt du nicht?« Dann liefen sie kichernd davon. Danach war Muriel vorsichtiger. Auf keinen Fall wollte sie durch ihre Unwissenheit auffallen. Missmutig setzte sie die Suche fort.

Je länger sie durch das Lager streifte, desto mehr fiel ihr auf, dass die meiste Arbeit von Frauen verrichtet wurde. Immer wieder traf sie auf Männer, die auf Teppichen vor einem Ger in der Sonne saßen und Tee tranken, während die Frauen das Essen zubereiteten, wuschen und das Zelt sauber machten, das Vieh molken, nähten, stickten, sich um die Kinder kümmerten und Dung für das Feuer sammelten. Die Männer hingegen taten scheinbar kaum etwas, außer sich bei einer Tasse Tee um die Waffen und das Geschirr der Pferde zu kümmern und die älteren Jungen nebenbei in den mongolischen Kampfkünsten zu unterrichten.

»Ojuna! Was machst du denn hier?« Bakus Stimme riss Muriel aus ihren Gedanken. Sie drehte sich um und sah ihn, sein Pferd am Zügel führend, auf sie zukommen.

»Ich ... ähm ... ich wollte mir mal ansehen, wo die Männerspiele stattfinden sollen«, stammelte Muriel etwas verlegen. »Aber ich fürchte, ich habe mich verlaufen.«

»Ja, die vielen Rundzelte können schon sehr verwirrend sein.« Baku lachte. »Und jeden Tag kommen neue hinzu, weil immer mehr Klans eintreffen. Wenn du möchtest, führe ich dich zum Platz der Spiele.«

»Ja gern.« Muriel gelang ein Lächeln. Eigentlich wäre sie viel lieber zu Ascalon gegangen, aber das durfte Baku nicht wissen. So folgte sie ihm durch das riesige Lager und lauschte seinen Worten. »Ist es nicht wunderbar, dass wir jetzt Seite an Seite für unseren Khan und ein mongolisches

Reich kämpfen?«, fragte er, und ohne eine Antwort zu erwarten, sprach er weiter. »Wenn ich daran denke, dass die vielen Klans und Unterklans unseres Volkes, die jetzt hier ihre Zelte friedlich nebeneinander aufbauen, noch vor wenigen Sommern in ständigem Streit miteinander lagen, erscheint es mir wie ein Wunder, dass es dem Großkhan gelungen ist, sie alle zu vereinen. Alleine waren wir schwach. Nun sind wir ein mächtiges und gefürchtetes Volk und unser Reich ist riesengroß.« Es war deutlich zu spüren, wie stolz Baku darauf war, ein Mongole zu sein. »Da hinten stehen die Zelte der Qongiraten. Das ist der Stamm, aus dem die erste Frau unseres Khan stammt. Daneben siehst du die Zelte der Taitschut und die Zelte hier vorn gehören den Keräit, deren Fürst einst der Schwurbruder von Dschingis Khans Vater war. Die Zelte der …«

Baku konnte gar nicht aufhören zu erzählen. Die vielen fremdartigen Namen der Klans und Unterklans und deren Anführer schwirrten in Muriels Kopf herum und sie hoffte inständig, dass niemand sie jemals danach fragen würde. Sie war froh, als sie endlich den Platz erreichten, auf dem in ein paar Tagen die Spiele stattfinden sollten, auch wenn der Anblick eine Enttäuschung war. Der Platz war nicht mehr als eine ebene Fläche am Rand des Lagers. Nichts deutete darauf hin, dass hier schon bald ein Fest gefeiert werden sollte.

»Was ist?« Baku schien Muriels Enttäuschung zu spüren.

»Ich weiß nicht.« Muriel zögerte. »Irgendwie hatte ich es mir anders vorgestellt.«

»Anders?« Baku lachte. »Warum? Unsere Reiter, Ringer und Bogenschützen sind mit dem zufrieden, was die Steppe ihnen bietet, wenn sie ihre Kräfte messen.«

»Und die Gäste?«, wagte Muriel zu fragen.

»Die auch.« Baku nickte. »Sie bringen sich Teppiche mit, wenn sie nicht die ganze Zeit stehen wollen. Einen Tisch, Bänke und einen Baldachin bekommen nur die Fürsten und der Khan.«

»Ach so.« Muriel überlegte. Baku war so stolz, ihr alles zeigen zu dürfen. Da würde er sicher nicht Nein sagen, wenn ...

»Zeigst du mir das Zelt des Großen Khan?«, fragte sie und fügte hastig hinzu. »Meine Familie möchte sicher wissen, wie das Ger des mächtigen Fürsten aussieht, wenn ich nach Hause komme.«

»Natürlich.« Baku schien die Frage nicht mit Ascalon in Verbindung zu bringen. »Komm mit, ich führe dich hin.«

Zum Zelt des Großen Khan war es nicht weit. Keine zehn Minuten, nachdem sie den Platz der Spiele verlassen hatten, fand Muriel sich vor einem prächtigen Ger wieder, das viel größer war als alle, die sie bisher gesehen hatte. Auch ohne Bakus Bemerkung hätte sie sofort erkannt, dass dies das Ger des Mongolenherrschers sein musste. Die Wände waren so weiß wie frisch gefallener Schnee. Rings um den Eingansbereich war die weiße Außenhülle aus Filz mit goldenem Zierrat versehen worden und auch die Wände des Zeltes waren mit farbenfrohen und fantasievollen Mustern geschmückt. Anders als die Rundzelte, in denen Muriel bisher gewesen war, besaß dieses Zelt sogar eine richtige Eingangstür aus Holz, die auf einem leuchtend orangefarbenen Untergrund kunstvolle Bordüren in Blau- und Rosatönen mit verschlungenen Motiven zeigte.

Aber all die Schönheit war nebensächlich, denn Muriel hatte nur Augen für Ascalon. Verstohlen blickte sie mal hierhin und mal dorthin, in der Hoffnung, ihn irgendwo zu entdecken, aber nirgends fand sie auch nur den kleinsten Hinweis darauf, dass er hier gewesen sein könnte.

»Das Ger des Großkhan ist das schönste im ganzen Land«, hörte sie Baku sagen. »Findest du nicht?«

»Doch ... ähm, ja ... es ... es ist wirklich sehr schön.« Muriel war nicht ganz bei der Sache, wollte aber nicht unhöflich sein.

»Suchst du etwas?«, erkundigte sich Baku, dem ihre Zerstreutheit nicht entging.

»Ja ... ja, ich ... Ich hatte gehofft, den Khan hier zu sehen«, flunkerte Muriel. »Heute Nacht war es so dunkel ...«

»Da hast du Pech«, sagte Baku. »Der Großkhan und die Klanführer sind bei Sonnenaufgang zur Jagd ausgeritten und werden sicher nicht vor Sonnenuntergang wiederkommen.«

Deshalb ist Ascalon weit und breit nicht zu sehen, dachte Muriel. Der Große Khan wird es sich sicher nicht nehmen lassen, sein prächtiges Pferd auf der Jagd zu reiten, um damit vor den Klanführern anzugeben. Sie seufzte und ließ die Schultern hängen. »Ich habe Hunger«, sagte sie und gab dem Gespräch damit eine andere Richtung. »Wann gibt es etwas zu essen?«

Baku antwortete nicht sofort, sondern richtete den Blick prüfend zum Stand der Sonne. »Die Frauen müssten das Essen bald fertig haben«, sagte er schließlich und deutete ein Kopfnicken an. »Lass uns zum Ger zurückgehen. Ich bin auch hungrig.«

Die folgenden beiden Tage verliefen ruhig. Die Sonne schien, der letzte Schnee schmolz dahin und auch die Nächte waren nicht mehr so kalt. Muriel konnte förmlich zusehen, wie die Steppe jeden Tag ein wenig grüner wurde. Das junge Gras schoss so schnell in die Höhe, als hätte es nur auf ein paar wärmende Sonnenstrahlen gewartet und die unzähligen gelben Blüten der widerstandsfähigen Hahnenfußgewächse trugen ihren Teil dazu bei, dass die bedrückte Stimmung, die der späte Wintereinbruch bei den Mongolen hinterlassen hatte, sich allmählich entspannte. Überall wurde gelacht und gescherzt, selbst die grimmigen Gesichter der Mongolenkrieger wirkten nicht mehr ganz so unfreundlich.

Wie die Mongolen genoss auch Muriel die Sonne und

die Wärme, aber sie war auch ein wenig traurig. Die endlose Weite der erblühenden Steppe unter dem wolkenlosen blauen Himmel schien wie geschaffen für einen schnellen Ausritt zu Pferd. Aber ohne Ascalon blieb ihr nichts anderes übrig, als den Jungen und Mädchen neidvolle Blicke zuzuwerfen, die sich auf ihren Steppenponys halsbrecherische Wettrennen lieferten oder in Reiterspielen ihre Geschicklichkeit maßen. Muriel hätte sich ihnen gerne angeschlossen, wagte aber nicht, nach einem Pferd zu fragen.

Um sich abzulenken, begleitete sie Amra, Venja und Thuy beim Dungsammeln. Diese Arbeit wurde im Lager fast ausschließlich von den kleinen Mädchen und den alten Frauen verrichtet und war jetzt, da der Dung in der Sonne zu harten Fladen getrocknet war, nicht mehr ganz so eklig wie zuvor bei dem nasskalten Wetter.

Die drei Mädchen waren sehr nett und hatten sich so schnell mit Muriel angefreundet, dass diese sich schon nach drei Tagen in ihrer Gastfamilie wie zu Hause fühlte.

Mit dem Essen tat sie sich allerdings auch weiterhin schwer. An die Vorliebe der Mongolen für Hammelfleisch würde sie sich auch dann nicht gewöhnen können, wenn sie zehn Jahre bei ihnen leben müsste. So viel war sicher. Wäre der Hunger nicht gewesen und der Mangel an Alternativen, hätte sie vermutlich keinen Bissen Fleisch mehr angerührt, das bei den Nomaden offenbar zu jedem Essen dazugehörte.

Hammelfleisch mit Reis, Hammelfleisch in der Suppe oder in Teigtaschen gefüllt oder einfach nur in Salzwasser gekocht ... Zudem schien auch Sande-An den Spruch »Nur fettes Fleisch ist gutes Fleisch« zu beherzigen, denn wie schon bei Tojas Mutter schwammen auch in ihren Töpfen immer große gelbliche Fettaugen.

Es kostete Muriel viel Mühe, nicht unhöflich zu sein, denn wie schon in Tojas Ger bekam sie als Gast auch bei Kubilays Familie immer die erste und größte Portion auf den Teller.

Ascalon bekam Muriel nicht zu Gesicht. Nur einmal, am dritten Tag, sah sie den Großkhan aus der Ferne auf ihm zur Jagd ausreiten. Der Anblick versetzte ihr einen Stich und sie spürte so etwas wie Eifersucht in sich aufsteigen. Ascalon schien das zu spüren, denn er sandte ihr einen liebevollen Gedanken und tatsächlich gelang es ihr daraufhin, sich wieder zu beruhigen.

Am vierten Tag, dem Tag vor dem Naadam, überraschte Baku sie beim Frühstück mit der Frage: »Möchtest du reiten?«

Fast hätte Muriel sich verschluckt. »Doch. Ja. Sehr gern«, brachte sie hustend hervor. »Aber ich habe kein Pferd.«

»Das macht nichts. Der Große Khan schenkt dir eins.«

»Wirklich?« Muriel war so erstaunt, dass ihr die Worte fehlten.

Baku lachte. »Ja, wirklich. Oder willst du lieber zu Fuß nach Hause laufen?«

»Nein ... nein, natürlich nicht.« Muriel schüttelte den Kopf. »Aber warum ...?«

»Weil er dir damit seinen Dank zeigen will«, warf Sande-An ein, die das Gespräch der beiden mit angehört hatte. »Der Große Khan ist von dem Pferd des Tengri begeistert und hat bestimmt, dass du dir zum Dank das schönste Pferd aus seiner Herde aussuchen darfst.« Sie nickte Muriel aufmunternd zu. »Das ist eine große Ehre.«

»Mein Vater hat mir die Aufgabe übertragen, dich zur Herde zu begleiten«, sagte Baku voller Stolz. »Wenn du möchtest, können wir sofort aufbrechen.«

Eine Viertelstunde später fand Muriel sich inmitten einer Herde grasender Pferde wieder, deren Risthöhe die der deutschen Reitponys nur knapp erreichte. Die Tiere hatten große Ähnlichkeit mit Wildpferden und wild schienen sie tatsächlich auch zu sein. Kaum, dass Muriel sich ihnen näherte, drehten sie ihr das Hinterteil zu.

Es war das erste Mal, dass sie den mongolischen Pferden so nahe war und sie in Ruhe betrachten konnte. Was sie sah, enttäuschte und erschreckte sie. Wie in den Pferdebüchern zu Hause beschrieben, war der Kopf der Pferde im Verhältnis zum Körper viel zu groß. Die Ohren wirkten zu klein, der Hals war zu dick, die Brust zu breit, das Fell ohne Glanz. Überhaupt sahen sie sehr ungepflegt aus.

Sie waren mager, aber das konnte natürlich auch an dem Nahrungsmangel im Winter liegen. Vielen Tieren hatte man die Mähnen lieblos abgeschnitten und ... Muriel sog entsetzt die Luft ein, als sie sah, dass alle Tiere lederne Fußfesseln trugen, die wohl verhindern sollten, dass sie davonliefen. Und nicht nur das: Die Pferde waren mit den Stricken ihrer Halfter an langen Leinen angebunden, die die Mongolen zwischen zwei Holzpflöcken gespannt hatten. Die Stricke waren gerade so lang, dass die Tiere in einem geringen Umkreis grasen konnten. Es war unglaublich, wie die Mongolen ihre Pferde hielten. Zu Hause würde man für so etwas eine Anzeige wegen Tierquälerei bekommen, dachte Muriel, aber hier scheint es die übliche Form der Pferdehaltung zu sein.

»Warum sind sie alle gefesselt und angebunden?«, fragte sie Baku. Die kleinen Pferde taten ihr plötzlich leid. Ein Gefühl, das sich weiter verstärkte, als sie bemerkte, dass viele der Tiere Druckstellen von den traditionellen Holzsätteln auf dem Rücken aufwiesen.

»Was für eine dumme Frage.« Baku lachte. »Kannst du dir das nicht denken?«

»Damit sie nicht weglaufen?«, folgerte Muriel.

»Richtig.«

»Aber so können sie sich doch gar nicht bewegen.«

»Na und?« Baku zog die Schultern in die Höhe. »Das können sie doch, wenn wir weiterziehen.«

»Warum errichtet ihr keinen Zaun?«, fragte Muriel.

»Du stellst Fragen.« Baku seufzte. »Wir sind Nomaden und ziehen das ganze Jahr durch die Steppe, da können wir doch nicht immer neue Zäune errichten.«

»Stimmt auch wieder.« Baku hatte natürlich recht. Das musste Muriel zugeben. Holz war in der nahezu baumlosen Steppe kostbar. Und natürlich konnten die Mongolen neben dem Ger nicht auch noch einen Karren mit Zäunen mit sich führen. Trotzdem konnte Muriel nicht umhin, die gefesselten Pferde zu bedauern und suchte in Gedanken nach einer Lösung, die beiden – Pferden und Mongolen – gerecht wurde.

Baku wurde ungeduldig. »Und? Welches willst du?«, fragte er in einem Tonfall, der deutlich machte, dass er eine schnelle Entscheidung erwartete. »Die Pferde sind alle gesund und ausdauernd. Die Herde des Khan ist die beste im ganzen Land. Ganz gleich, wie du dich entscheidest, das Pferd wird dir viel Freude bereiten.«

»Ja, das … das sind wirklich wunderschöne Pferde.« Muriel nickte, obwohl sie genau das Gegenteil dachte. Wenn dies die schönsten Pferde der Mongolen sein sollten, wollte sie die anderen lieber gar nicht erst sehen. Trotzdem schwindelte sie höflich weiter: »Das macht die Entscheidung ja so schwer.«

»Wenn ich mir eines aussuchen dürfte, würde ich die junge Stute da hinten nehmen«, sagte Baku. »Sie hat viel Temperament und wird gesunde Fohlen gebären.«

»Ich will aber keine Pferde züchten«, sagte Muriel bestimmt. »Ich nehme den hier!« Sie zeigte auf einen dunkelbraunen Hengst mit verfilzter Mähne, der ihr nicht, wie alle anderen Pferde, abweisend das Hinterteil zudrehte. »Wie heißt er?«

»Wie?«

»Ob er einen Namen hat?«

Baku lachte. »Du bist lustig. Pferde haben doch keine Namen.«

»Aber es sind so viele.« Muriel spürte, dass sie etwas Falsches gesagt hatte. »Wie ... wie haltet ihr sie denn auseinander?«

»Gar nicht. Es sind Pferde. Wir reiten sie, wir trinken ihre Milch ...«, Baku lachte, »... und wenn sie zum Reiten nicht mehr taugen, essen wir sie. Wo kämen wir denn hin, wenn wir ihnen Namen geben würden, als wären sie unsere Kinder?«

»Das Pferd, das Tengri mir gab, hat einen Namen«, sagte Muriel, um ihre unbedachte Frage ein wenig zu rechtfertigen.

»Das Pferd ist ja auch etwas ganz Besonderes«, sagte Baku. »Es wird gewiss nie in einem Kochtopf landen, sondern den Fürsten bis ins Jenseits begleiten.«

... bis ins Jenseits begleiten. Muriel hatte das Gefühl, als zöge sich in ihrem Magen alles zusammen. Aber sie wollte sich keine Sorgen machen und kämpfte dagegen an.

Ascalon wird schon auf sich aufpassen, dachte sie bei

sich und versuchte, nicht auf das mulmige Gefühl zu achten, das Bakus Worte bei ihr zurückgelassen hatte.

»Ich nehme diesen hier«, bekräftigte sie noch einmal.

»Dann halte ihn gut fest, sonst läuft er weg.« Baku kam heran, löste die Fesseln des Pferdes und reichte Muriel die Lederriemen. »Jetzt gehört er dir«, sagte er gönnerhaft, während der kleine zottelige Hengst schnaubte und so ungestüm die Mähne schüttelte, als könnte er es kaum erwarten, endlich loszupreschen.

Die Spiele der Männer

An diesem Nachmittag lernte Muriel mehr über das Verhältnis der Mongolen zu ihren Pferden, als es ein Buch ihr jemals hätte beibringen können. Baku wollte ihr einen Holzsattel besorgen, aber Muriel wollte dem kleinen Hengst nicht wehtun und behauptete, dass sie lieber ohne Sattel reiten würde. An der Seite von Baku führte sie ihr namenloses Pferd zurück ins Lager, wo Bakus Pferd angebunden war.

»Willst du wirklich keinen Sattel?«, vergewisserte Baku sich noch einmal, ehe sie aufbrachen.

»Nein.« Muriel schüttelte den Kopf. »Daheim reite ich auch immer ohne.«

»Na gut.« Baku zog die Schultern in die Höhe. »Du musst es ja wissen.« Dann reichte er ihr ein Halfter, band sein Pferd los und saß auf. Muriel konnte ihm ansehen, wie sehr er sich auf den Ausritt freute. Sie selbst war nach allem, was sie an diesem Morgen gesehen und erlebt hatte, etwas vorsichtiger und sah dem kommenden Ausritt mit gemischten Gefühlen entgegen.

Sie hatte erst jetzt wirklich begriffen, dass die Mongolen ihre Pferde als halbwilde Tiere ansahen und nicht, so wie sie es von zu Hause gewohnt war, als lieb gewonnene Gefährten und Freunde. Entsprechend rau gingen die Mongolen auch mit den Pferden um.

Als sie aufsaß, ließ Baku sein Pferd antraben und lenkte es so geschickt zwischen den Rundzelten hindurch, dass Muriel Mühe hatte, ihm zu folgen. Ihr Hengst erwies sich als überaus dickköpfig. Er schien zu spüren, dass sie sich anders als die ruppigen Mongolen verhielt, und nutzte dies aus, um ihr zu zeigen, dass er viel lieber zum nahen Fluss reiten wollte als mit ihr in die Steppe. Muriel musste all ihr Durchsetzungsvermögen und viel Kraft aufwenden, um ihn dazu zu bewegen, eine andere Richtung einzuschlagen.

Baku erwartete sie etwas abseits der letzten Rundzelte. Übertrieben gelangweilt lümmelte er in dem unbequem anmutenden Holzsattel mit den hohen Kanten und der viel zu engen Sitzfläche und begrüßte Muriel mit einem Gähnen. »Na endlich!«, sagte er. »Ich dachte schon, du hättest es dir anders überlegt.«

»Wir müssen uns erst noch aneinander gewöhnen«, sagte Muriel, was ihr einen weiteren spöttischen Blick von Baku einbrachte. »Gewöhnen?«, fragte er auf eine Weise, als wäre das Wort eine Schande. »So ein Unsinn. Du musst ihm zeigen, wer sein Herr ist. Das ist alles. Sonst tanzt er dir auf der Nase herum.« Mit diesen Worten riss er sein Pferd herum und trieb es mit lauten »Tschu! Tschu!«-Rufen zum Galopp an. Dabei stieß er dem Pferd immer wieder die Fersen in die Seite und schreckte auch nicht davor zurück, einen Knüppel zu benutzen, der eigens zu diesem Zweck vorne am Sattel baumelte.

Mit einer Mischung aus Bewunderung und Entsetzen beobachtete Muriel, wie Baku sein Pferd in halsbrecherischem Tempo über die Steppe hetzte. Wendungen leitete er allein durch Gewichtsverlagerungen ein, beim Trab stand er in den für Muriels Empfinden viel zu kurz eingestellten Steigbügeln und riss beim Abbremsen so heftig an den Zügeln, dass es Muriel schon allein beim Zusehen wehtat.

Die Ermahnungen ihrer Mutter kamen ihr in den Sinn, dass Pferdemäuler sehr empfindlich waren und dass der Rücken der Pferde immer mit einer Satteldecke vor Verletzungen geschützt werden musste. Von Rücksichtnahme auf die Mäuler schienen die Mongolen noch nie etwas gehört zu haben, ebenso wenig, wie sie von Satteldecken Gebrauch machten, da war es kein Wunder, dass die Rücken der Tiere so geschunden aussahen.

»Ach, ihr armen Zottel.« Muriel seufzte und wuschelte ihrem Hengst durch den spärlichen Rest der Mähnenhaare. »Auch wenn ihr ausseht, wie die verarmten Verwandten unserer Rassepferde habt ihr es nicht verdient, dass die

Mongolen euch so schlecht behandeln. Sie haben euch doch so viel zu verdanken und wären ohne euch hier draußen aufgeschmissen.«

Donnernder Hufschlag lenkte ihre Aufmerksamkeit wieder auf Baku, der auf sie zugaloppierte und sein Pferd mit einem scharfen Ruck an den Zügeln zum Stehen brachte. »Und jetzt du!«, rief er lachend.

Muriel zögerte. Einen schnellen Ritt ohne Sattel traute sie sich natürlich zu, wusste aber, dass sie es dabei nie und nimmer mit Bakus Reitkünsten würde aufnehmen können. Vermutlich ritten selbst seine kleinen Schwestern schon zehnmal besser als sie. Aber sie wusste auch, dass sie der Aufforderung nachkommen musste, wenn sie sich nicht lächerlich machen und als Angsthase dastehen wollte.

Baku wurde ungeduldig und nahm ihr die Entscheidung ab, indem er ihrem Hengst völlig überraschend einen Schlag auf das Hinterteil verpasste und ihn mit lauten »Tschu! Tschu!«-Rufen anspornte, schneller zu laufen. Der Hengst machte einen Satz, den Muriel gerade noch abfangen konnte, ohne herunterzufallen, und preschte los. Muriel hörte Baku lachen, hatte aber keine Zeit, sich darüber zu ärgern. Der harte Trab des kleinen Hengstes war ohne Sattel kaum abzufedern. Es fühlte sich an, als würde sie auf einer wild gewordenen Nähmaschine reiten. Viel zu spät bemerkte sie, dass sie keinen Bogen ritten, sondern in die freie Steppe hinauspreschten.

»Halt! Halt!« Bisher hatte Muriel immer geglaubt, eine gute Reiterin zu sein, aber plötzlich war sie sich da nicht mehr so sicher. Der Hengst tat, als hörte er ihre Rufe nicht und ignorierte alles Ziehen und Zerren an den Zügeln. Die Versuche, ihn durch eine Gewichtsverlagerung zum Umkehren zu bewegen, so wie sie es bei Baku gesehen hat, scheiterten kläglich.

Der Hengst lief immer weiter. Er war nicht durchgegangen, das spürte Muriel. Trotzdem bekam sie Angst. Die Steppe war so riesig und sie musste doch zurück zum Lager. Selten hatte sie sich beim Reiten so hilflos gefühlt. Durchgeschüttelt und der Willkür ihres zotteligen Reittiers ausgesetzt, erkannte sie, dass sie sich zu viel zugetraut hatte. Diese halbwilden Pferde hatten kaum etwas mit den braven Haustieren daheim gemeinsam. Ebenso wenig wie der Ritt auf ihnen. Aber für eine solche Einsicht war es jetzt zu spät. Muriel konnte nur darauf hoffen, dass der Hengst irgendwann müde und langsamer wurde.

»Heeej. Hooo!« Wie aus dem Nichts tauchte Baku neben ihr auf, lehnte sich im Galopp weit aus dem Sattel und griff nach dem Halfter ihres Pferdes. Endlose Augenblicke ritten sie so nebeneinander her, dann brachte er beide Pferde gleichzeitig mit einem harten Ruck zum Stehen.

»Danke.« Muriel sagte das aus tiefstem Herzen und es war ihr nicht einmal peinlich, obwohl ihr Bakus spöttisches Grinsen nicht entging.

»Du reitest nicht oft.« Das war keine Frage, sondern eine Feststellung.

»Meine Eltern sind Fischer.« Muriel hoffte, dass es als Antwort genügte.

Baku ging nicht darauf ein. Nicht die kleinste Regung in seinem Gesicht zeigte, was er dachte. »Wir reiten zurück«, sagte er schließlich und ließ sein Pferd wenden.

Muriel tat es ihm gleich. Diesmal war es ganz leicht. Als wäre nichts geschehen, folgte der kleine Hengst Baku ins Lager, der ein Lied summend und in gemächlicher Gangart vorausritt. Nur einmal drehte er sich zu Muriel um, zwinkerte ihr zu und sagte: »Ich glaube, ihr beide müsst euch wirklich erst noch aneinander gewöhnen.«

Und während Muriel noch darüber nachdachte, ob er das wohl spöttisch gemeint hatte, ritten sie schon wieder in das Lager ein.

Den Nachmittag verbrachte Muriel wieder mit Bakus Schwestern. Baku selbst verschwand nach dem Mittagessen mit einer Gruppe Jungen, die am kommenden Tag alle beim Naadam an dem großen Wettrennen teilnehmen wollten. Muriel erfuhr, dass sie früh am Morgen zu einem etwa zwanzig Kilometer entfernten Startplatz reiten würden. Sieger war, wer den Turnierplatz als Erster erreichte. Dieser hatte am Nachmittag zumindest schon andeutungsweise Ähnlichkeit mit einem Festplatz angenommen. Die Männer hatten eine Arena für die Ringkämpfer abgesteckt und Zielscheiben für die Bogenschützen aufgestellt. Auch der Baldachin für den Großen Khan und die Klanführer war schon errichtet worden. Der Schamane, der Ascalon bei ihrer Ankunft begutachtet hatte, schritt den Platz singend und tanzend ab, um bei den Göttern ein gutes Gelingen der Wettkämpfe zu erbitten.

Für die Bewohner des Lagers gab es kein anderes Thema mehr, als die bevorstehenden Wettkämpfe. Jeder schien mindestens einen Angehörigen oder Freund zu haben, der an einer der drei Disziplinen teilnahm. Und jeder wirkte davon überzeugt, dass sein Favorit als Sieger aus den Wettkämpfen hervorgehen würde.

Am Abend waren Kubilays Töchter so aufgeregt, dass sie keinen Schlaf fanden. Unablässig tuschelten sie miteinander, kicherten und verstummten erst, als Sande-An sie fragte, wie Baku das Rennen gewinnen sollte, wenn er unausgeschlafen war. Die Mädchen schwiegen und endlich kehrte auch in Kubilays Ger Ruhe ein.

Am nächsten Morgen war das ganze Lager schon früh auf den Beinen. Ein dichter Kreis von Reitern belagerte bereits die Arena der Ringer, als Muriel und die Mädchen den Festplatz erreichten. Obwohl die Sonne gerade aufgegangen war, schienen sie spät dran zu sein. Energisch zwängten sie sich zwischen den Pferdeleibern hindurch, um einen Platz mit guter Sicht auf die Ringkämpfer zu ergattern.

Etwa zehn Meter trennten die Reiter von der Arena, aber auch hier saßen die Frauen und Kinder schon dicht gedrängt. Muriel bezweifelte gerade, dass sie einen freien Platz finden würden, da entdeckte Amra ein paar Freundinnen ganz in der Nähe, die zusammenrückten und den vier einladend zuwinkten.

Dafür, dass hier ein Wettkampf stattfand, war es erstaunlich still. Alle starrten auf die beiden spärlich in Rot oder Blau gekleideten, ineinander verschlungenen Ringkämpfer in der Mitte der Arena. Die Ringer schienen in der Bewegung erstarrt zu sein. Die Schultern des Gegners fest im Griff, den Oberkörper nach vorn gebeugt und die Beine fest in den Boden gestemmt, standen sie da und taten – nichts.

Das sollte ein Ringkampf sein? Muriel war enttäuscht. »Warum kämpfen sie nicht?«, flüsterte sie Venja zu, die ihr am nächsten saß.

»Das tun sie doch«, flüsterte Venja zurück. »Sie warten, dass einer mal nicht aufpasst.«

»Aha.« Muriel war nicht wirklich überzeugt, bemerkte dann aber, dass die beiden Kontrahenten tatsächlich sehr konzentriert und angespannt waren. Langweilig fand sie es trotzdem. Die Zeit verging langsam und sie musste sich sehr zusammenreißen, um den Blick nicht abschweifen zu lassen. Die Zuschauer hingegen wirkten wie gebannt. Mit angehaltenem Atem, die Hände zu Fäusten geballt, warteten sie darauf, dass einer der beiden einen Fehler machte, der seinem Gegner einen entscheidenden Griff ermöglichte.

Muriel gähnte hinter vorgehaltener Hand, als plötzlich Bewegung in die Männer kam. Blitzschnell griff der blaue Ringer von innen hinter das Knie des Gegners, riss es vom Boden weg und schleuderte den roten herum. Beide stürzten auf die Erde, die Zuschauer sprangen auf und machten ihrer Anspannung mit lauten Jubelrufen Luft, während Muriel noch zu erkennen versuchte, wer denn nun gewonnen hatte.

Vier Ringkämpfe später glaubte sie, die Regeln des seltsamen Wettkampfs verstanden zu haben. Es war eigentlich ganz einfach: Wer zuerst den Boden mit Knie, Hüfte, Schulter oder Arm berührte, hatte verloren. Muriel fand es nicht wirklich spannend, versuchte aber, es sich nicht anmerken zu lassen. Da alle nur Augen für die Ringkämpfer hatten, war das nicht sonderlich schwer. Sie musste nur mit aufspringen, wenn alle jubelten.

Beim fünften Ringkampf weckte das Geschehen unter dem Baldachin der Klanführer Muriels Aufmerksamkeit. Hier schienen der Große Khan und einer der Klanführer in Streit geraten zu sein. Sie sprachen verhalten und waren zu weit entfernt, als dass Muriel die Worte hätte verstehen können, aber die Gesten waren eindeutig. Der Große Khan war sichtlich verärgert und schüttelte immer wieder den Kopf, während der Klanführer einmal nur durch ein energisches Zupacken verhindern konnte, dass einer seiner Vertrauten auf den Großen Khan losging. Muriel hätte die Auseinandersetzung gerne noch weiter beobachtet, aber in diesem Augenblick fegte der rote Ringer den blauen mit einem gekonnten Fußhaken um und alle sprangen auf und bejubelten den Sieger.

Ehe der Jubel verstummte, preschte plötzlich ein Junge auf seinem Pferd in die Arena, winkte heftig mit den Armen und rief immer wieder. »Die Pferde kommen! Die Pferde kommen!«

Sofort sprangen alle auf. Keiner schien mehr an die Ringkämpfer zu denken. Amra zupfte Muriel am Ärmel. »Komm mit«, sagte sie drängend. »Die Reiter werden jeden Augenblick hier sein. Wir wollen sehen, ob Baku gewinnt.«

Auf dem Festplatz brach ein heilloses Durcheinander aus. Alle liefen, rannten oder ritten so schnell sie konnten. Jeder wollte den Zieleinlauf als Erster erreichen und seinen Favoriten anfeuern. Muriel musste höllisch aufpassen, dass sie nicht angerempelt, umgestoßen oder ihr von einem Pferd auf den Fuß getreten wurde.

Als sie den Zieleinlauf erreichte, hatte sie Amra und die beiden anderen Mädchen aus den Augen verloren. Auch von den Reitern war noch nichts zu sehen. Alle starrten den Hügel hinab in die Steppe, wo jeden Augenblick eine Staubwolke die nahenden Reiter ankündigen musste. Wieder wurde die Geduld der Zuschauer auf eine harte Probe gestellt.

Dann endlich rief einer: »Da kommen sie! Da kommen sie!« Nun gab es für die Zuschauer kein Halten mehr. Namen wurden gerufen. Es wurde gejohlt und gewunken und das, obwohl die Reiter es noch gar nicht hören konnten.

Das Hufgetrappel wurde lauter, als die Reiter sich in einer riesigen Staubwolke näherten. Es mussten Dutzende sein, vielleicht sogar an die hundert, die ihre Pferde den ganzen Morgen durch die Steppe gejagt hatten. Der Boden vibrierte.

Jubel brandete auf, als sich der erste Reiter aus dem Staub löste. Es war ein Junge, kaum älter als Amra. Wie besessen, drosch er mit einem Stock auf sein Pferd ein, um das erschöpfte Tier noch einmal anzutreiben, denn dicht hinter ihm folgte schon das nächste Pferd. Es trug einen Jungen, der Baku sehr ähnlich sah, aber so voller Staub war, dass Muriel ihn nicht wirklich erkennen konnte. Die beiden preschten heran. Staub wirbelte auf und trieb Muriel Tränen in die Augen. Sie konnte gerade noch so viel erkennen, dass sie Nara, Tojas kleine Schwester, als Dritte an ihr vorbeireiten sah.

Den Zieleinlauf verpasste sie, weil der Staub ihr so sehr in den Augen brannte, dass sie die Lider schließen musste. Sie hörte aber, dass es nicht Bakus Name war, den die Zuschauer als Sieger ausriefen …

Das Duell

Der Jubel riss nicht ab. Jeder Reiter wurde stürmisch begrüßt, noch auf den letzten Metern angefeuert und am Ende so überschwänglich beglückwünscht, als wäre er der Sieger. Muriel entging nicht, dass die Pferde schweißnass und völlig erschöpft waren.

Die Letzten erreichten das Ziel mit hängendem Kopf und schleppendem Schritt. Angeschlagen stolperten sie mit letzter Kraft über die Ziellinie. Aber auch sie bekamen ihren Anteil an Anerkennung. Muriel sah, wie ein Mädchen, das fast als letzte das Ziel erreichte, überschwänglich begrüßt und umarmt wurde. Lachend wurde sie von den Umstehenden beglückwünscht. Man klopfte ihr anerkennend auf die Schulter und lobte ihre hervorragende Leistung. Verlierer schien es bei diesem Wettkampf nicht zu geben, auch wenn sich die meisten Reiter die Siegerehrung als Zuschauer ansehen mussten.

Die jubelnde Menschenmenge riss sie mit und drängte sie zum Ziel, wo sich die erschöpften Pferde und ihre Reiter aufhielten. Hier standen die Mongolen so dicht gedrängt, dass es kein Durchkommen gab. Muriel schaute sich um. Über die Köpfe der Umstehenden hinweg entdeckte sie Nara, die immer noch auf ihrem Pferd saß und strahlte, als hätte sie das Rennen gewonnen. Muriel wäre gerne zu ihr gegangen, um sie zu beglückwünschen, aber sie war zu weit weg.

Dann sah sie Baku. Von einer dicken Staubschicht bedeckt, saß er nicht weit entfernt auf seinem Pferd und berichtete seiner Familie mit wortreichen Gesten von dem Wettrennen. Amra, Venja und Thuy waren auch da. Wie gebannt lauschten sie den Worten ihres Bruders. Ihre Augen leuchteten vor Stolz. Muriel musste all ihr Geschick aufwenden, um zu ihm durchzukommen, dann gesellte sie sich zu ihnen.

»... aber dann ist mein Pferd gestolpert und die anderen sind an mir vorbeigezogen«, hörte sie Baku sagen. »Wenn dieses Erdloch nicht gewesen wäre, hätte ich das Rennen gewonnen.«

»Mach dir nichts draus, mein Sohn«, sagte Kubilay und gab Baku einen aufmunternden Klaps auf den Rücken. »Du hast ein schnelles Pferd und wirst noch viele Rennen reiten. Früher oder später wird dir der verdiente Sieg ge...«

Weiter kam er nicht, denn in diesem Augenblick schallte der durchdringende Ton mehrerer Bishgüür, wie die Mongolen ihre Trompeten nannten, über den Platz.

»Die Siegerehrung beginnt!« Amra wollte loslaufen, aber Kubilay hielt sie zurück. Muriel glaubte, einen Schatten über sein Gesicht huschen zu sehen, aber da er für ihr Empfinden immer sehr grimmig aussah, war sie sich dessen nicht sicher. »Das ist nicht das Zeichen für die Siegerehrung«, sagte er knapp. »Die Bishgüür rufen alle zum Kampfplatz der Ringer. Es muss etwas vorgefallen sein.«

Kaum hatte er das gesagt, kam Bewegung in die Mongolen. Und nur kurz darauf glich das Festgelände einem Ameisenhaufen. Alles strömte zum Platz der Ringer zurück. Zu Pferd oder zu Fuß, allein oder in kleinen Gruppen. Muriel entging nicht, dass die Stimmung umgeschlagen war. Die Menschen, die eben noch gelacht und gejubelt hatten, wirkten nun besorgt oder beunruhigt.

»Was ist passiert?«, richtete Muriel eine Frage an Sande-An, die neben ihr ging.

»Das wissen wir nicht.« Sande-An schüttelte den Kopf. »Aber ich bin sicher, wir werden es gleich erfahren.«

Als sie den Platz erreichten, war es dort schon so voll, dass sie kaum etwas erkennen konnten. Die Mongolen hatten sich in einem weiten Halbkreis um den Baldachin der Klanführer aufgestellt und standen so dicht beieinander, dass ein Durchkommen unmöglich war. »Ich kann nichts sehen!« Amra zupfte Sande-An an den Kleidern, worauf diese sie auf ihre Schultern setzte. Auch ihre Halbschwestern wurden von ihren Müttern auf die Schultern gehoben. Nur Muriel hatte niemanden …

»Steig auf! Dann kannst du besser sehen.« Baku reichte ihr seine Hand und half ihr auf sein Pferd. Er war etwas kleiner als sie, sodass sie über seine Schulter blicken konnte. Viel zu sehen gab es allerdings nicht. Nur ein Mongole stand einsam inmitten des Halbrunds, ließ den Blick über die Umstehenden schweifen und wartete.

»Was macht …?« Muriels Frage wurde von dem Klang der Bishgüür übertönt, die erneut eine Fanfare schmetterten. Augenblicklich wurde es still.

»Volk der Mongolen!«, erhob sich die Stimme des Redners über dem Platz. »Der Fürst der Taitschut ist der Ansicht, dass er ein besserer Bogenschütze ist als unser geliebter Großkhan, der sich seinerseits für den versierteren Schützen hält. Da sich die Wahrheit nicht mit Worten finden lässt, wurde beschlossen, den besten Bogenschützen in einem Wettkampf zu ermitteln. Anlässlich des Naadams werden deshalb beide ihr Geschick beim Bogenschießen zu Pferde messen. Die Regeln dafür wurden wie folgt festgelegt:

Jeder Bogenschütze muss die Bahn im Galopp durchreiten. Parallel dazu stehen drei Ziele zwanzig Bogenlängen von der Bahn entfernt. Ziel Nummer eins muss aus dem ersten Drittel der Bahn von vorne getroffen werden. Im zweiten Abschnitt darf nur das mittlere Objekt getroffen werden. Im letzten Teil der Strecke muss der Reiter mit nach hinten gedrehtem Oberkörper auf das dritte Ziel schießen. Es werden fünf Durchgänge geritten, wobei die Ziele sich bei jedem Durchgang weitere zehn Bogenlängen von den Schützen entfernen. Gewonnen hat, wer bei fünf Durchgängen die meisten Treffer erzielt.«

Allgemeines Raunen erfüllte die Luft. Die Mongolen waren überrascht und erstaunt.

Auch Baku schien so etwas noch nicht erlebt zu haben: »Das ist das erste Mal, dass ich den Großen Khan bei einem Zweikampf sehen werde«, sagte er mit Vorfreude in der Stimme. »Das ist eine große Ehre.«

»Was meinst du, wer gewinnt?«, fragte Muriel, die bei der Ankündigung des Wettkampfes ein mulmiges Gefühl beschlich.

»Na wer wohl?« Baku lachte. »Dieser Taitschutenfürst ist ein Großmaul. Das weiß jeder. Es ist längst überfällig, dass der Große Khan ihm einmal deutlich macht, wer der Bessere ist.«

Wieder ertönte eine Fanfare, worauf die gegenüberliegende Seite des Halbrunds in Bewegung geriet. Eine Handvoll Mongolen auf Pferden drängten die dort Stehenden so weit zurück, dass aus dem Halbkreis eine gerade Linie wurde. Dahinter wurden drei galgenähnliche Gestelle sichtbar, von denen je ein Lederball an einer Schnur herabhing. Etwa zwanzig Meter trennten die Galgen voneinander. Das mussten die Ziele sein, von denen der Redner gesprochen hatte.

Noch ehe die Fanfaren erneut erklangen, kündete ein Raunen vom anderen Ende der Zuschauermenge davon, dass die beiden Kontrahenten die Bahn betreten hatten. Muriel konnte nicht erkennen, wer von ihnen Dschingis Khan war. Sie hatte erwartet, dass der Großkhan den Wettkampf auf Ascalon bestreiten würde, aber beide Fürsten saßen auf Steppenpferden. Offenbar war es ein Wettkampf, bei dem wendige Pferde von Vorteil waren. Die Kontrahenten hatten ihre farbenprächtigen Festgewänder abgelegt und trugen nun die aus harten Lederplatten und einem baumwollenen Untergewand bestehende Rüstung der mongolischen Krieger.

Ein Trompetenstoß ertönte und der erste Reiter galoppierte an. Muriel konnte nur staunen, wie sicher er sich bei vollem Galopp freihändig im Sattel hielt. Mit fast spielerischer Leichtigkeit fanden die drei Pfeile ihr Ziel. Auch dem zweiten Reiter gelang jeder Schuss. Dem ohrenbetäubenden Jubel, der daraufhin aufbrandete, entnahm Muriel, dass der zweite Reiter der Große Khan gewesen sein musste.

Die Galgen mit den Lederbällen wurden nun eilig ein Stück nach hinten getragen. Währenddessen machte sich der erste Reiter bereit. Als das Trompetensignal ertönte, stieß er seinem Pferd die Fersen in die Seite. Sofort spurtete es los. Doch obwohl die Lederbälle nun schwerer zu treffen waren, fanden alle Pfeile ihr Ziel. Eine kleine Gruppe von Zuschauern jubelte, alle anderen warteten gespannt darauf, wie der Großkhan schießen würde. Er enttäuschte sie nicht. Obwohl er noch schneller ritt, als der Fürst der Taischut, traf auch er die Lederbälle immer mit den ersten Schüssen.

Die Zuschauer jubelten.

»Was ist, wenn einer danebenschießt?«, wollte Muriel wissen.

»Dann darf er einen neuen Pfeil nehmen«, erklärte Baku.

»Geht das denn?«, wunderte sich Muriel. »Sie reiten doch so schnell.«

»Natürlich.« Baku nickte. »Die Bahn ist zwar lang, trotzdem muss die Geschwindigkeit des Pferdes immer in den Schuss miteinbezogen werden. Ein guter Schütze kann sehr schnell reiten. Ein schlechter Schütze hingegen muss langsamer reiten, weil er vielleicht einen zweiten Schuss benötigt. Um die Bälle zu treffen, müssen die Reiter die Ruhe auf dem Pferd finden. Das zeichnet einen guten Bogenschützen aus.«

Muriel sagte nichts mehr, denn in diesem Augenblick ertönte das Signal zum dritten Durchgang. Die Lederbälle waren nun schon sehr weit von der Bahn entfernt, aber wieder trafen beide Reiter, ohne langsamer zu reiten oder einen zweiten Pfeil abzufeuern.

Muriel war von den Reitkünsten der Mongolen schwer

beeindruckt. Nach ihrem Erlebnis vom Vortag hatte sie allergrößten Respekt vor den kleinen und wendigen Pferden. Niemals würde sie es wagen, in dieser schnellen und ruckeligen Gangart die Zügel loszulassen. Die Männer hingegen brachten es tatsächlich fertig, dabei auch noch mit dem Pfeil einen Ball zu treffen, der mehr als fünfzig Meter entfernt war. Muriel seufzte. In der artgerechten Tierhaltung mochten die Mongolen noch einiges zu lernen haben, aber was das Reiten anging, waren sie wahre Meister.

Zum vierten Mal ließ der Fürst der Taischut sein Pferd angaloppieren. Die Lederbälle waren jetzt so weit von der Reitbahn entfernt, dass sich Muriel einen Treffer kaum noch vorstellen konnte. Mit angehaltenem Atem verfolgte sie den rasanten Ritt des Fürsten und konnte nur mit Mühe einen Aufschrei unterdrücken, als dieser den ersten Lederball tatsächlich traf. Ein verhaltenes Raunen lief durch die Menge, als auch der zweite Pfeil sein Ziel fand, brach aber sofort ab, als der Fürst den letzten Pfeil auf die Sehne legte, sich im Sattel umwandte – und den Ball verfehlte.

Aber der Fürst gab nicht auf. Blitzschnell sandte er dem ersten einen weiteren Pfeil hinterher, den er bereits angelegt hatte, und rettete den Durchgang, als dieser den Ball im letzen Augenblick traf.

»Das war knapp!« Baku keuchte, als wäre er selbst das Rennen geritten.

Nun war Dschingis Khan an der Reihe. Er ritt schneller

als der Taischutenfürst, schoss schneller – und verfehlte die Bälle nicht ein einziges Mal. Der aufbrandende Jubel war kaum noch zu überbieten. Dschingis Khan hatte den vorletzten Durchgang souverän für sich entscheiden. Vor dem fünften und letzten Durchgang lag er nun mit einem Pfeil Vorsprung vor seinem Kontrahenten.

Die Anspannung, die über den Zuschauern lastete, war fast greifbar, als die beiden Reiter zum finalen Durchgang Aufstellung nahmen. Die Stille war gespenstisch. Obwohl Muriel nicht wirklich dazugehörte, konnte sie sich der gespannten Erwartung nicht entziehen, die die Mongolen erfasst hatte, auch wenn sie – oder gerade weil sie, anders als die Mongolen – zu wissen glaubte, was gleich geschehen würde.

Wieder begann der Herausforderer den Wettkampf. Und wieder trafen die beiden ersten Pfeile das Ziel so mühelos, als stünde es noch immer so dicht vor ihm wie beim ersten Durchgang. Aber wie schon beim vierten Ritt verfehlte auch diesmal der letzte Pfeil sein Ziel und schlimmer noch, auch der nachgesandte Pfeil traf nicht.

Muriel hörte die Zuschauer ächzen, als auch der zweite Schuss danebenging. Jeder wusste, dass der Sieg für Dschingis Khan zum Greifen nahe war, aber niemand wagte zu jubeln, denn noch war der Wettstreit nicht zu Ende.

Mit lautem »Tschu! Tschu!« trieb der Große Khan sein Pferd an. Schneller als zuvor preschte er die Bahn entlang.

Er musste sich seiner Sache ziemlich sicher sein, denn die Bälle waren jetzt so weit weg, dass sie nur noch als kleine Punkte vor dem Hintergrund der Steppe zu erkennen waren.

»Er will ihn demütigen«, hörte Muriel einen Mongolen neben ihr zu seinem Freund sagen. »Er will diesem Angeber von Taischut ein für alle Mal das Maul stopfen und ihm beweisen, dass er der Beste von allen ist.«

Der erste Schuss traf. Muriel hörte die Mongolen verhalten jubeln. Auch der zweite Pfeil erreichte den Lederball mit spielerischer Leichtigkeit. Der Jubel wurde etwas lauter, verstummte dann aber sofort wieder. Wie gebannt beobachtete ein jeder, wie der Große Khan den letzten Pfeil auflegte, sich umdrehte, den Bogen noch in der Bewegung spannte und das Ziel anvisierte.

Muriel sah, dass Baku die Hände zu Fäusten geballt hatte. Alle fieberten dem alles entscheidenden Schuss entgegen – aber der blieb aus. Gerade in dem Augenblick, als der Khan das Ziel anpeilte und auf den Moment der Ruhe wartete, von dem Baku gesprochen hatte, trat sein Pferd in eine Mulde. Im gestreckten Galopp knickten seine Vorderhufe ein, es stürzte und warf seinen Reiter im hohen Bogen aus dem Sattel. Muriel sah den Khan wie in Zeitlupe durch die Luft fliegen, sah, wie er kopfüber auf den Steppenboden prallte, wie er mit verrenkten Gliedmaßen über den Boden rollte und in einer Staubwolke reglos liegen blieb. Sekunden später schienen auch die Mongolen zu begreifen, was geschehen war. Nach dieser kurzen Zeit der Stille brach die Hölle los. Alle schrien durcheinander und rannten auf die Stelle zu, an der der Große Khan auf dem Boden lag – alle, nur Muriel nicht.

Zwischen Hoffen und Bangen

Der Unfall des Großkhans setzte dem fröhlichen Treiben des Naadams und damit auch dem Fest ein jähes Ende. Niemand verschwendete auch nur einen Gedanken daran, dass die Sieger des Wettrennens noch nicht geehrt worden waren und keinem war mehr nach Feiern zumute. Die eigentlichen Bogenschützen traten gar nicht erst an, um sich in ihren Künsten zu messen. Wo eben noch ausgelassene Freude das Geschehen bestimmt hatte, herrschte nun Entsetzen und betroffenes Schweigen.

Krieger hatten den besinnungslosen Khan auf eine Trage gelegt und in sein Ger gebracht, wo sich die Heiler und Schamanen um ihn kümmerten. Ersten Berichten zufolge war er am Leben, aber niemand konnte oder wollte sagen, wie schwer die Verletzungen waren, die er bei dem Sturz davongetragen hatte.

Es dauerte lange, ehe sich die auf dem Festplatz versammelte Menge zerstreute. Das Ungeheuerliche war nur schwer zu begreifen und ein jeder hoffte insgeheim, vielleicht doch noch etwas darüber zu erfahren, wie es um den Khan stand. Als die Sonne sich dem Horizont zuneigte, folgte Muriel Sande-An und den Mädchen zum Ger. Baku war nicht bei ihnen. Zusammen mit einigen anderen Jungen lungerte er in der Nähe von Dschingis Khans Ger herum, in der Hoffnung, Neuigkeiten aufzuschnappen. Die Mädchen hatten ebenfalls dorthin gehen wollen, aber Sande-An hatte es ihnen verboten. »Wenn es etwas gibt, das wir wissen müssen, wird euer Vater uns davon berichten«, hatte sie gesagt und darauf bestanden, dass die Mädchen mit nach Hause kamen.

Wie schon auf dem Festplatz herrschte auch im Lager eine bedrückte Stimmung. Dazu kam eine unnatürliche Stille, ganz so, als würden auch die Tiere spüren, was vorgefallen war. Selbst der Wind schwieg.

Obwohl Muriel wusste, wie es um den Khan stand und was geschehen würde, konnte sie sich der allgemeinen Stimmung nicht entziehen. Sie fühlte mit den Menschen, die sich um ihren Anführer sorgten, den sie liebten und verehrten, als wäre er ihr Vater. Trotzdem hielt sie sich vorsorglich aus den Gesprächen heraus und antwortete nur das Nötigste, wenn sie etwas gefragt wurde.

Der Abend kam und Baku kehrte zurück. Amra, Venja und Thuy bestürmten ihn sofort mit Fragen, aber er wusste auch nichts Neues zu berichten.

»Es muss schlimm um ihn stehen, wenn sie es so lange geheim halten«, hörte Muriel einmal eine der anderen Frauen zu Sande-An sagen und dachte bei sich, wie nahe sie mit dieser Vermutung der Wahrheit doch kam. Aber Sande-An wollte das nicht glauben. »Der Khan erholt sich schnell«, sagte sie so nachdrücklich, als genüge allein die feste Überzeugung, um aus dem Wunsch Wahrheit werden zu lassen. »In seinen Adern fließt das Blut der Götter. Ein Sturz vom Pferd wird ihn nicht umbringen.«

Beim Essen sagte kaum jemand ein Wort. Je weiter der Abend voranschritt, desto schweigsamer wurden alle. Baku hatte sich zurückgezogen und zu schnitzen begonnen. Auch die Mädchen beschäftigten sich leise. Es war deutlich zu spüren, dass alle auf Kubilay warteten, aber der Abend wich der Nacht und er kehrte immer noch nicht zurück. Schließlich schickten die Frauen die Mädchen schlafen. Diese murrten zwar, waren aber schon bald eingeschlafen. Muriel gab vor, auch müde zu sein, und legte sich ebenfalls auf ihr Lager. Baku hingegen weigerte sich standhaft und beharrte darauf, erst dann schlafen zu gehen, wenn er mit seinem Vater gesprochen hatte.

Endlos kroch die Zeit dahin. Während die Frauen am Feuer beisammensaßen und leise miteinander redeten, schnitzte Baku so verbissen, dass es aussah, als ob er einen Kampf mit dem Holz ausfocht. Muriel war nicht müde, gab aber vor zu schlafen. Wie Baku wollte auch sie auf keinen Fall verpassen, wenn Kubilay heimkam. Sie wusste, dass der Khan an den Folgen des Reitunfalls sterben würde, aber sie wusste nicht wann. Was immer geschehen würde, von nun an durfte sie Baku nicht aus den Augen lassen. Wenn er aufbrach, um die Beerdigung des Khan zu beobachten, musste sie ihm folgen.

Irgendwann fielen ihr vor Müdigkeit dann doch die Augen zu.

Mitten in der Nacht schreckte sie auf, weil sie Stimmen hörte. Im Ger war es dunkel. Nur die Glut des Feuers verströmte noch ein schwaches Licht. Im ersten Augenblick war sie etwas orientierungslos und wusste nicht gleich, was geschehen war, doch dann fiel es ihr wieder ein und sie lauschte. Kubilay war zurückgekommen. Muriel erkannte seine dunkle Stimme sofort. Er sprach leise mit Baku. Die Frauen schienen zu schlafen.

»... sieht nicht gut für ihn aus, mein Sohn«, sagte Kubilay gerade. »Unser Khan ist schwer verletzt. Er kann seine Arme und Beine nicht bewegen.«

»Hat er Schmerzen?«, wollte Baku wissen.

»Er spürt nichts.«

»Das ist gut.«

»Nein. Das ist es nicht.« Kubilay verstummte, als müsste er erst abwägen, wie viel er seinem Sohn preisgeben wollte. »Wenn er keine Schmerzen hat«, sagte er schließlich, »kann er den Heilern nicht sagen, wo sie ihn behandeln müssen. Äußerlich ist nichts zu sehen, aber niemand kann sagen, wie es innen aussieht.«

Baku schwieg, dann sagte er: »Wird er wieder gesund?«

Kubilay seufzte. »Das wissen nur die Götter.«

»Was wird aus dem Feldzug, wenn der Khan stirbt?«

»Darüber haben seine Söhne schon beraten.« Wieder zögerte Kubilay und wieder entschied er sich, seinen ältesten Sohn ins Vertrauen zu ziehen. »Der Feldzug wird stattfinden«, sagte er, »auch wenn die Götter unseren Khan zu sich rufen.«

»Aber werden die Klanführer seinen Söhnen noch folgen?«, fragte Baku, der ganz offensichtlich nicht das erste Mal ein solches Gespräch mit seinem Vater führte. »Du hast doch mal gesagt, wenn der Großkhan stirbt, könnte die Einheit unseres Volkes zerbrechen.«

»Diese Gefahr besteht durchaus«, pflichtete Kubilay seinem Sohn bei. »Daher musst du mir auch in Tengris Namen schwören, dass du niemandem erzählst, was ich dir jetzt anvertraue – schwörst du mir das?«

»Ich schwöre es bei Tengri!«

»Gut.« Kubilay schien das zu genügen. »Wenn der Khan stirbt, und ich zweifle nicht daran, dass dies bald geschehen wird, wird niemand davon erfahren, bis der Feldzug beendet ist«, erklärte er. »Wir haben beschlossen, alle in dem Glauben zu lassen, dass der Khan zwar schwer erkrankt ist, aber immer noch selbst die Entscheidungen trifft. Was wirklich geschehen ist, werden nur seine Söhne und seine engsten Vertrauten wissen.«

»Und seine Frauen?«

»Auch die nicht. Nur Börte, seine erste Frau, ist in den Plan eingeweiht.«

Muriel staunte. Kubilay musste seinem Sohn wirklich voll und ganz vertrauen, wenn er ihm ein so wichtiges Geheimnis offenbarte.

»... wenn wir siegreich sind, werden die Söhne des Khan genügend Reichtümer ihr Eigen nennen, um sich die Treue der Klanführer damit zu sichern. Deshalb ist es so wichtig, dass der Feldzug stattfindet. Nicht nur für uns, sondern für unser ganzes Volk. Die Einheit der Mongolen, die der Großkhan geschaffen hat, muss erhalten bleiben. Auch über seinen Tod hinaus.«

»Ich verstehe.«

Muriel war erstaunt, wie erwachsen Baku plötzlich klang.

»Mach dir keine Sorgen, Vater. Ich schweige wie ein erlegter Wolf.«

»Ich weiß.« Kubilay seufzte. »Aber jetzt schlaf, mein Sohn. Ich werde dich wissen lassen, wenn es etwas Neues gibt.«

Leder raschelte und Muriel sah Schatten, die sich im Zwielicht bewegten. Dann kehrte Ruhe ein. Eine Weile lag sie noch wach, dachte darüber nach, was sie gehört hatte, und nahm sich vor, von nun an nicht mehr von Bakus Seite zu weichen. Wenn Kubilay die Wahrheit gesagt hatte, würde der Großkhan mit Sicherheit heimlich bestattet werden – und das konnte nicht mehr allzu lange dauern.

In den beiden darauffolgenden Tagen geschah nicht allzu viel. Das Leben im Lager ging seinen gewohnten Gang, aber es schien, als habe der Reitunfall des Khan alles Lachen und alle Fröhlichkeit erstickt. Die Mongolen wirkten wie gelähmt. Muriel ließ Baku nicht aus den Augen. Sooft es ging, leistete sie ihm unter einem Vorwand Gesellschaft und beobachtete ihn verstohlen, wenn er sich mit seinen Freunden in der Nähe des großen Rundzeltes von Dschingis Khan herumtrieb. Dabei nutzte sie die Gelegenheit, sich heimlich davon zu überzeugen, dass es Ascalon gut ging. Er war in der Nähe des Rundzeltes angepflockt und ertrug sein Schicksal scheinbar gelassen. Muriel wurde jedes Mal traurig, wenn sie ihn so angebunden sah, stellte aber erleichtert fest, dass man ihm nicht die Beine gefesselt hatte, wie die Mongolen es mit den Steppenpferden taten.

Kubilay sah sie nur selten, meist zu den Mahlzeiten. Er wirkte verschlossen und in sich gekehrt und beantwortete die Fragen der Frauen und Mädchen nur kurz und knapp. Er hielt vor der Familie geheim, wie es wirklich um den Großkhan stand.

»Es geht ihm besser.«

»Ja, er ist ansprechbar.«

»Nein, reiten wird er nicht so schnell wieder können.«

»Die Heiler sind zuversichtlich.«

»Er berät sich bereits wieder mit seinen Söhnen.«

Diese und andere vage gehaltenen Antworten bekamen

die Mädchen, Sande-An und die anderen Frauen zu hören, wenn sie sich nach dem Befinden des Khan erkundigten. Meist gaben sie sich damit zufrieden. Wenn doch eine von ihnen einmal nachzufragen wagte, beendete Kubilay das Gespräch meist mit den Worten: »Genug jetzt. Vom vielen Reden wird der Khan auch nicht schneller gesund.«

Baku beteiligte sich nicht an den Gesprächen. Er schien seine Leidenschaft fürs Schnitzen entdeckt zu haben und arbeitete so verbissen, als könnte er seine trüben Gedanken damit vertreiben. Am dritten Abend nach seinem Gespräch mit Kubilay gesellte Muriel sich zu ihm. »Was wird das?«, fragte sie im Plauderton.

»Erkennst du es nicht?« Baku hielt das Stück Holz ins Licht, damit Muriel es besser sehen konnte.

»Ein Pferd ... nein, nur der Kopf eines Pferdes.«

Baku nickte. »Der Kopf für eine Pferdekopfgeige.«

»Du willst eine Geige bauen?«, wollte Muriel wissen.

»Nein, das kann ich nicht. Ich schnitze den Kopf nur, um mich abzulenken.« Baku seufzte. »Die Geschichte dieser Geige ist so traurig, wie ich mich fühle. Das passt sehr gut.«

»Es gibt eine Geschichte dazu?«, fragte Muriel.

»Ja. Kennst du sie nicht?«

»Nein, ich weiß nur, dass sie ihren Namen dem geschnitzten Pferdekopf zu verdanken hat.«

»Seltsam. Erzählen die Alten sie bei euch nicht am Feuer, wenn der Wind abends kalt ums Ger fegt?«

»Nein.« Muriel schüttelte den Kopf und fuhr fort: »Aber ich würde sie gerne hören. Erzählst du sie mir?«

»Ich fürchte, ich bin nicht sehr gut im Erzählen«, antwortete Baku kopfschüttelnd.

»Dann erzähle ich sie dir.« Sande-An legte Muriel sanft die Hand auf die Schulter. »Komm mit zum Feuer, dann können die Mädchen auch zuhören. Sie lieben diese Geschichte.«

Muriel erhob sich. Eigentlich fühlte sie sich schon viel zu alt, um Märchen erzählt zu bekommen, aber es gab nur wenig Abwechslung im Ger und so nahm sie das Angebot gerne an.

Am Feuer hatten sich die Mädchen schon zu Sande-An gesellt, die sogleich zu erzählen begann:

Vor langer Zeit lebte ein Hirtenjunge namens Sucho in der Steppe. Er war ein Waisenjunge und wohnte bei seiner Großmutter. Sie waren sehr arm und nannten nur wenige Schafe ihr eigen, aber Sucho konnte gut singen. Wenn er abends am Feuer sang, lauschten ihm alle anderen.

Als Sucho siebzehn Jahre alt war, fand er eines Nachts auf dem Heimweg ein weißes wolliges Fohlen. Es war ganz allein und er hatte Sorge, dass es die Wölfe fressen würden. Deshalb nahm er es mit nach Hause.

Die beiden wurden schnell Freunde. Sucho sorgte gut für das Fohlen und es wuchs zu einem wunderschönen und kräftigen Pferd heran. Alle, die es sahen, bewunderten und liebten es, aber

Sucho liebte es mehr als alle anderen. Eines Nachts wurde Sucho durch aufgeregtes Wiehern geweckt. Er sprang aus seinem Bett, rannte zur Weide und sah, wie das weiße Pferd die Schafherde mit wirbelnden Hufen vor einem riesigen Wolf verteidigte und ihn vertrieb. Sucho war mächtig stolz auf sein tapferes Pferd und liebte es nun noch mehr als zuvor.

Als der Frühling in die Steppe Einzug hielt, wurde überall die Nachricht verbreitet, dass der Khan ein Pferderennen abhalten werde. Der Gewinner sollte seine Tochter zur Frau bekommen. Sucho war das gleich, aber da seine Freunde ihn dazu drängten, ging er mit seinem geliebten weißen Pferd ebenfalls zum Rennen. Viele kräftige junge Männer auf schnellen Pferden nahmen daran teil. Sie peitschten auf ihre Tiere ein und galoppierten so rasch sie konnten, aber es waren Sucho und sein weißes Pferd, die den Zielposten als Erste erreichten.

Der Khan war entsetzt, als er sah, dass der Sieger nur ein einfacher Hirte war. Er erwähnte nichts mehr von einer Heirat mit seiner Tochter. Er lobte Sucho und bot ihm drei Goldstücke für das weiße Pferd an. Sucho fühlte sich betrogen. Niemals, so sagte er, würde er sein geliebtes Pferd verkaufen. Da wurde der Khan zornig und befahl seinen Dienern, Sucho mit Prügel zu strafen. Der Arme! Von allen Seiten drangen sie auf ihn ein und sie prügelten ihn, bis er das Bewusstsein verlor. Der Khan aber nahm das weiße Pferd mit sich.

Sucho wurde von seinen Freunden nach Hause gebracht. Seine Großmutter pflegte ihn liebevoll und nach kurzer Zeit war er wieder gesund. Er war aber sehr betrübt und sprach kaum ein Wort.

Tag und Nacht trauerte er um sein geliebtes Pferd, das der Khan ihm genommen hatte. Singen tat er gar nicht mehr.

Eines Nachts hörte Sucho, wie etwas an die Zelttür schlug. Als er öffnete, sah er das weiße Pferd vor dem Ger stehen. Sucho stürzte hinaus. Er war überglücklich, doch was er sah, brach ihm fast das Herz. Das weiße Pferd war tödlich verwundet. Sieben Pfeile steckten in seinem Leib. Später erfuhr Sucho, dass es den Khan abgeworfen hatte, als dieser auf ihm reiten wollte. Der war darüber so zornig geworden, dass er seinen Dienern befohlen hatte, das Pferd zu töten. Von Pfeilen tödlich getroffen, war es mit letzter Kraft geflohen, um bei Sucho zu sterben. Dieser versuchte alles, aber er konnte dem Pferd nicht mehr helfen. Am nächsten Tag verendete es.

Sucho war verzweifelt und weinte bittere Tränen. Tag und Nacht konnte er keine Ruhe finden. Immer dachte er nur an sein geliebtes Pferd. Einmal glaubte er, es im Traum lebendig vor sich stehen zu sehen. Es kam ganz nahe zu ihm heran und er streichelte es. »Kannst du dir nicht etwas ausdenken, damit ich immer bei dir sein kann?«, fragte es.

Am nächsten Morgen schnitzte Sucho aus den Knochen des toten Schimmels den Kopf seines geliebten Pferdes und setzte es oben auf den Hals einer Geige, genau an die Stelle, an der die Wirbel sind. Aus den Sehnen machte er die Saiten und nahm das Haar von seinem prächtigen Schweif, um den Bogen zu bespannen. So ist die Pferdekopfgeige entstanden. Immer, wenn Sucho auf der Geige spielte, erinnerte er sich an sein geliebtes Pferd, das so grausam getötet worden war. Er legte all seine Trauer in die Musik und sang dazu schöner als jemals zuvor, bis auch er eines Tages starb und in den endlosen Weiten der Himmelssteppe wieder mit seinem geliebten Pferd vereint war.

»Das ist wirklich eine traurige Geschichte«, sagte Muriel, die die ganze Zeit an Ascalon denken musste. Verstohlen wischte sie sich eine Träne aus dem Augenwinkel, drehte sich um und sagte: »Du hast recht, Baku. Die Geschichte passt wirklich …« Mitten im Satz brach sie ab. Der Platz neben der Tür war leer. Baku war fort.

Reiter in der Nacht

Muriel ärgerte sich, dass sie sich von der alten Legende so hatte gefangen nehmen lassen. Wenn sie dadurch nun das Begräbnis verpasste, war ihre Mission gescheitert, und alle Mühe wäre vergebens gewesen.

Unter dem Vorwand, noch einmal nach ihrem Hengst schauen zu wollen, verließ sie das Ger, um Baku zu suchen. Im letzten Augenblick dachte sie noch daran, etwas Wasser in einem Schlauch mitzunehmen. Man konnte ja nie wissen …

Draußen war es dunkel. Nur die silberne Mondsichel spendete etwas Licht. Fröstelnd schloss Muriel ihren warmen Mantel. Obwohl die Tage schon frühlingshaft waren, waren die Nächte noch sehr kalt, und wenn es aufklarte, so wie an diesem Abend, manchmal sogar noch frostig. Muriel blieb stehen und schaute sich suchend um. Es war das erste Mal, dass sie nachts allein im Lager unterwegs war, und sie konnte nicht umhin, sich einzugestehen, dass sie sich fürchtete.

Die Begegnung mit dem Wolfsrudel war ihr noch lebhaft in Erinnerung und sie war nicht erpicht darauf, noch einmal etwas Ähnliches zu erleben. Für einen Augenblick erwog sie, ins sichere Ger zurückzukehren, verwarf den Gedanken aber sofort wieder. Baku war irgendwo hier draußen und sie war überzeugt, dass sein heimliches Verschwinden etwas mit dem Großen Khan zu tun haben musste. Vielleicht wusste er mehr als sie. Vielleicht hatte Kubilay ihm, ohne dass sie es mitbekommen hatte, verraten, dass der Khan gestorben war.

Wenn dem so war, war Baku jetzt sicher auf dem Weg, das Begräbnis des Khan heimlich zu beobachten. Ein Ereignis, das Muriel auf keinen Fall verpassen durfte. Es war wichtig, dass sie Baku dorthin begleitete, damit sie ihm den Trank des Vergessens, den sie von der Schicksalsgöttin bekommen hatte, rechtzeitig verabreichen konnte. Außerdem sorgte sie sich auch um Ascalon, denn sie fürchtete, dass die Mongolen ihn tatsächlich töten könnten, damit er den Großkhan im Jenseits über die Himmelssteppe tragen konnte.

Muriel nahm einen tiefen Atemzug, schob ihre Furcht vor den Wölfen beiseite und marschierte los. Sie wusste, wo sie suchen musste. Wenn Bakus Verschwinden wirklich etwas mit dem Khan zu tun hatte, gab es nur einen Ort, an dem er sein konnte – am Ger des Dschingis Khan.

Lautlos wie einer der Wölfe, vor denen sie sich so sehr fürchtete, huschte Muriel durch das nächtliche Lager. An jedem Ger hielt sie kurz inne, spähte in die Schatten und freute sich, wenn aus dem Inneren Stimmen oder andere Lebenszeichen zu hören waren, die ihr bewiesen, dass sie nicht ganz so allein war, wie sie sich fühlte.

Nun zeigte sich, wie gut es war, dass sie in den vergangenen Tagen so oft am Ger des Großkhan vorbeigeschlendert war, denn sie fand den Weg durch das Lager auch im Dunkeln nahezu mühelos. Je näher sie dem Ger kam, desto langsamer lief sie. Aufmerksam spähte sie um jede Ecke und suchte mit den Augen jeden Schatten auf eine mögliche Bewegung ab. Wenn dies die Nacht des Begräbnisses war, musste Baku sich hier irgendwo verstecken – nur wo?

Vielleicht sollte ich erst einmal nachsehen, ob es wirklich schon so weit ist, überlegte sie und verdrängte hastig den Gedanken, dass sie vielleicht zu spät kam und die Krieger das Lager mit dem toten Khan bereits verlassen hatten. Sie war dem Rundzelt des Großkhan jetzt ganz nahe. Düster und unheilvoll erhob sich das größte und prächtigste Ger des Lagers kaum dreißig Schritte entfernt vor ihr im Mondlicht. Nichts deutete darauf hin, dass hier die Vorbereitungen für ein Begräbnis getroffen wurden. Es war still. Und es war dunkel. Nicht einmal die Fackeln vor dem Eingang, die sonst immer entzündet waren, brannten in dieser Nacht.

Zu still! Zu dunkel!

Muriel durchzuckte ein heißer Schrecken.

Ich komme zu spät, dachte sie, und diesmal ließ sich der Gedanke nicht vertreiben. Sie sind schon fort. In ihrer Verzweiflung schloss sie die Augen und sandte einen Gedanken an Ascalon. Eine Weile geschah nichts, dann hörte sie ihn wie zur Antwort ganz in der Nähe wiehern.

Er ist hier! Muriel atmete auf. Dann konnte auch der Khan noch nicht weggebracht worden sein ... oder sie haben Ascalon hier zurückgelassen.

Muriel seufzte. Dass Ascalon in der Nähe war, war zwar tröstlich, bedeutete aber gar nichts. Alles war möglich. Sie musste andere Beweise finden. Zögernd ging sie auf das große Ger zu, lauschend, ihre Blicke schweiften wachsam umher.

Hatte sie sich wirklich getäuscht? Oder ...?

»Schscht! Keinen Laut!« Eine Hand legte sich von hinten auf ihren Mund. Sie wurde zurückgerissen und in den Schatten eines der Rundzelte gezogen. Alles ging so schnell, dass Muriel nicht einmal daran dachte, sich zu wehren. Dann löste sich die Hand und im Mondlicht tauchte Bakus Gesicht vor dem ihren auf.

»Ojuna!« In seiner Stimme schwangen Überraschung und Ärger mit. »Was in Tengris Namen tust du hier?«

»Ich ... ich habe dich gesucht.«

»Warum?«

»Weil ... weil ich ...« Muriel suchte vergeblich nach einer Erklärung und entschied sich dann kurzerhand für die Wahrheit. »Weil ich weiß, dass der Khan im Sterben liegt.«

»Du … du weißt es?« Nun klang Baku wirklich überrascht. »Woher?«

»Ich habe gehört, was dein Vater dir erzählt hat.«

»Verdammt.« Baku ballte die Fäuste, dann fasste er Muriel bei den Schultern, sah sie eindringlich an und sagte flüsternd: »Du darfst es niemandem erzählen, hörst du? Versprich mir, dass du es keinem sagst.«

»Warum?«

»Weil es gefährlich ist. Vater sagt, sie werden alle töten, die davon wissen. Er ist in großer Sorge um mich, weil er mich eingeweiht hat. Auch ich musste schwören, es niemandem zu sagen.«

»Und dein Vater?«, fragte Muriel.

»Dem geschieht nichts.« Baku schien sich ganz sicher zu sein. »Einige müssen schließlich den Schein aufrecht erhalten, dass der Khan noch lebt, bis der Feldzug gegen die Tanguten beendet ist.«

»Aber was tust du hier?«, fragte Muriel weiter, obwohl sie die Antwort schon kannte.

»Der Khan ist am frühen Abend gestorben«, sagte Baku und senkte die Augen. Obwohl er flüsterte, glaubte Muriel eine Spur von Trauer in seiner Stimme zu hören. »Sie werden ihn fortbringen, wenn alles schläft, und ihn an einem geheimen Ort bestatten. Das will ich sehen. Sonst kann ich es nicht glauben.«

»Aha.« Muriel spürte, dass Baku noch mehr bewegte, fragte aber nicht weiter nach. »Dann begleite ich dich«, sagte sie.

»Nein!« Bakus Stimme gewann an Schärfe, obwohl er immer noch flüsterte. »Das darfst du nicht. Es ist zu gefährlich. Du musst zurückgehen.«

Muriel gab sich trotzig. »Du kannst mir gar nichts befehlen«, sagte sie selbstbewusst.

»Doch, das kann ich.«

»Und ich kann nicht lügen«, behauptete Muriel, obwohl das nicht stimmte.

»Wie?« Baku war verwirrt.

»Ich kann nicht lügen!«, wiederholte Muriel noch einmal mit Nachdruck. »Wenn Sande-An mich fragt, ob ich dich gesehen habe, muss ich ihr die Wahrheit sagen, und wenn sie dann noch wissen will, wo du bist, muss ich ...«

»Schon gut. Bleib hier!« Baku seufzte. »Aber sei leise! Wenn sie uns entdecken, sind wir beide tot.«

»Verstanden.« Muriel nickte ernst. Und es war tatsächlich das letzte Wort, was sie für eine lange Zeit sprach.

Endlos tröpfelte die Zeit dahin, während sie an der Seite von Baku in ihrem Versteck kauerte und darauf wartete, dass der tote Khan fortgeschafft wurde. Neben der Kälte, die langsam unter ihre Kleidung kroch, war die Müdigkeit am schwersten zu bekämpfen. Nach einer gefühlten Stunde fielen Muriel zum ersten Mal die Augen zu. Danach wurden die Abstände immer kürzer. Fast hätte sie alles verschlafen. Ein Glück nur, dass Baku nicht mitbekommen hatte, dass sie eingeschlafen war. Irgendwann stieß er sie mit dem Ellenbogen an und zischte ihr ein »Still jetzt! Sie kommen!« zu.

Muriel war sofort hellwach. Mit klopfendem Herzen beobachtete sie, wie der Eingang des Gers geöffnet wurde. Obwohl sie keine Fackeln mit sich führten, konnte Muriel erkennen, wie sechs Gestalten aus dem Ger traten. Zwei von ihnen führten eine Trage mit sich, auf der eine von Fellen verhüllte Gestalt zu erkennen war. Lautlos traten die sechs in die Nacht hinaus und verließen das Lager auf dem kürzesten Weg.

»Komm mit.« Baku gab Muriel ein Zeichen. Wie Diebe folgten sie dem kleinen Trauerzug, der etwas abseits der Rundzelte von etwa fünfzehn Reitern erwartet wurde.

Muriel atmete auf, als sie sah, dass Ascalon nicht bei den Reitern stand. Ihre Sorge schien unbegründet zu sein. Gemeinsam mit Baku beobachtete sie, wie der tote Khan auf einen Karren gelegt wurde. Einer der sechs, die aus dem Ger gekommen waren, gab dem Anführer noch ein paar Anweisungen, dann drehte dieser sich um und wollte gerade das Zeichen zum Aufbruch geben, als zwischen den Zelten Hufschlag ertönte.

Ascalon! Muriel glaubte, ihr Herz würde stehen bleiben. Mit angehaltenem Atem beobachtete sie, wie ein siebter Mann Ascalon am Zügel mit sich führte und ihn an den

Anführer der Reitergruppe übergab, mit den Worten: »Sein wertvollstes Pferd soll ihn begleiten.«

Nein! Nein! Muriel ballte die Fäuste. Am liebsten wäre sie aufgesprungen und zu Ascalon gelaufen, aber damit hätte sie vermutlich alles nur noch schlimmer gemacht oder wäre selbst zu Tode gekommen. So riss sie sich zusammen und redete sich im Stillen immer wieder ein, dass alles gut werden würde. Ascalon wusste, was er tat, er war ja ein sehr kluges Tier. Sicher hatte er schon einen Plan. Das ungute Gefühl blieb trotzdem. Und es wurde sogar noch schlimmer, als sie sah, wie sich die Reiter mit dem Khan – und mit Ascalon – entfernten. Gerne wäre sie ihnen sofort gefolgt, aber die Männer, die aus dem Zelt gekommen waren, machten keine Anstalten zurückzugehen, und so konnten auch Baku und sie ihr Versteck nicht verlassen.

»Worauf warten die?«, flüsterte sie Baku ungeduldig zu. Doch der gebot ihr, mit einer knappen Handbewegung, zu schweigen. Muriel lauschte. In der Stille der Nacht trug der Wind ihr ein paar Gesprächsfetzen zu:

»... warten, bis sie zurückkommen.«

»... überfallen sie auf halbem Weg.«

»... müssen schnell sein.«

»... keiner darf entkommen.«

»... fortschaffen ...«

»... den Wölfen überlassen.«

»... niemand darf wissen, was passiert ist.«

Mehr musste sie nicht hören, um zu verstehen. Sie war entsetzt, mit welcher Kaltblütigkeit die Mongolen den Tod der Krieger planten. Zum Glück waren es keine tausend oder hunderte, wie es in der Überlieferung zu lesen stand, aber auch die fünfzehn hatten Familie und Kinder und verdienten den Tod gewiss nicht ...

Da war es wieder, dieses Gefühl, es in der Hand zu haben, das Unvermeidliche abzuwenden. Der Wunsch, den Kriegern zu helfen, die nicht wussten, was auf sie zukam. Die nicht ahnten, dass sie des Todes waren. Auch diesmal rang Muriel mit sich. Wie schon so oft war die Versuchung groß, einzuschreiten, den Lauf der Geschichte zu ändern und damit genau das zu tun, was sie auf keinen Fall tun durfte. Muriel presste die Lippen fest aufeinander und zählte leise bis zehn, um der Versuchung zu widerstehen.

Das war es, was die Zeitreisen wirklich schwer machte. Wölfe, Schneestürme und fremde Kulturen, alles ließ sich irgendwie meistern. Der Wunsch, jemandem das Leben zu retten aber war, obwohl sie die möglichen Folgen kannte, jedes Mal aufs Neue so schwer in den Griff zu bekommen, dass es schon fast an Folter grenzte.

Muriel atmete tief durch. Selbst wenn es ihr erlaubt wäre, in diesem Moment hätte sie ohnehin nichts ausrichten können. Die Reiter waren fort und die Klanführer versperrten ihnen noch immer den Weg. An eine Verfolgung war nicht zu denken. Sekunden wurden zu Minuten, die sich wiederum endlos zu dehnen schienen, während die

Sorge um Ascalon immer größer wurde. Muriel bemerkte, wie sie nervös auf der Unterlippe kaute, und erwischte sich auch zweimal dabei, wie sie gedankenverloren mit dem Ring der Schicksalsgöttin herumspielte, den sie noch immer unter der Kleidung verborgen an einer Kette um den Hals trug.

Ascalon weiß um die Gefahr und wird gewiss auf sich aufpassen, versuchte sie sich in Gedanken zu beruhigen. *Ihm wird schon nichts geschehen.*

In diesem Augenblick raschelte es neben ihr und sie sah Baku davonhuschen. Schnell rappelte sie sich auf und lief ihm hinterher. Baku hörte sie kommen und drehte sich um. »Bleib zurück, Ojuna«, sagte er flüsternd. »Es ist zu gefährlich.«

»Wo willst du hin?«, fragte Muriel, obwohl sie die Antwort schon kannte.

»Ich will sehen, was geschieht.«

»Warum?«

»Weil es nicht recht ist, den Khan wie einen räudigen Wolf in der Steppe zu verscharren«, sagte Baku mit leiser, aber fester Stimme. »Er war der größte aller Anführer. Das Volk hat ein Recht darauf, an seinem Grab zu trauern.«

»Seine Söhne werden es dem Volk sicher erzählen«, sagte Muriel. »Später. Nach dem Feldzug.«

»Das glaube ich nicht.« Baku schüttelte den Kopf. »Sie sind machthungrig und ehrgeizig. Sie werden es nicht dulden, dass mein Volk dem toten Khan nachtrauert. Sie wollen, dass man ihn schnell vergisst, damit wir nur ihnen huldigen. Aber das lasse ich nicht zu. Ich werde nicht mitansehen, wie unser geliebter Großkhan vergessen wird. Ich werde das Wissen um sein Grab für mein Volk bewahren.«

»Dann begleite ich dich.«

»Nein.«

»Du kannst mich nicht fortschicken«, behauptete Muriel keck. »Jetzt, wo ich weiß, was du vorhast, könnte ich dich gefahrlos verraten. Nur wenn du mich mitkommen lässt, kannst du sicher sein, dass ich dich nicht verrate, denn dann würde ich mich ja selbst verraten.«

»Hm.« Baku überlegte. Was Muriel gesagt hatte, schien sich ihm nicht sofort zu erschließen. »Also gut«, antwortete er nach einer kurzen Denkpause. »Du kannst mitkommen. Aber sei in Tengris Namen leise.«

Das Gräberfeld

Sie schlichen zwischen den Pferden hindurch, banden zwei, die am weitesten von den Zelten entfernt standen, los und führten sie am Halfter, bis das Lager hinter einer Hügelkuppe verschwunden war. Der Mond meinte es gut mit ihnen. Er hatte sich hinter einer Wolkenbank versteckt, die von Westen herangezogen war, sodass die Nacht noch dunkler wurde.

»Weißt du überhaupt, wohin sie geritten sind?«, erkundigte sich Muriel, während sie aufsaßen.

»Ja.« Baku ließ sein Pferd antraben.

»Und wohin?«

»Das wirst du schon sehen.« Baku ritt schneller. Muriel spürte, dass er nicht mit ihr reden wollte, und bohrte nicht weiter nach. Sie hatte Mühe, ihm zu folgen, denn nachdem der kleine Hengst bei ihrem ersten Ritt durchgegangen war, wagte sie nicht, ihr Pferd anzutreiben. Sie hoffte, dass Baku irgendwann auf sie warten würde, aber er dachte gar nicht daran. Er behielt sein Tempo so unbeirrt bei, als sei er allein unterwegs, und überließ es Muriel, den Anschluss zu halten. Muriel hatte schon bald Mühe, ihn nicht aus den Augen zu verlieren, aber erst das Heulen eines Wolfes ließ sie ihre Sorge vor einem schnellen Ritt vergessen. Mit anfeuernden »Tschu! Tschu!«-Rufen hieb sie ihrem Pferd die Hacken in die Seite, worauf das Tier sofort lospreschte. Im ersten Augenblick fürchtete Muriel, dass nun alles von vorn losging, aber das Steppenpferd zeigte sich erstaunlich gehorsam und reagierte auch auf Muriels verhaltene und rücksichtsvolle Kommandos. Sie atmete auf und wurde mutiger. Im Galopp schloss sie rasch zu Baku auf. Es gelang ihr sogar, das Pferd neben ihm in einen schnellen Trab wechseln zu lassen.

»Du kannst ja doch reiten.« Baku schaute sie an und grinste. Muriel sagte nichts. Sie war froh, nicht mehr allein zu sein, und versuchte, nicht auf das Heulen des Wolfes zu achten, das sich ganz in der Nähe unheimlich und bedrohlich über der nächtlichen Steppe erhob.

Wie lange sie so nebeneinander herritten, konnte Muriel nicht sagen. In der Dunkelheit hatte sie schnell jedes Zeitgefühl verloren und so kam der Augenblick, als Baku sein Pferd ruckartig zügelte, für sie so überraschend, dass sie noch ein paar Schritte weiterritt. Dann ließ auch sie ihr Pferd anhalten, wendete und schloss wieder zu Baku auf.

»Was ist los?«, fragte sie im Flüsterton.

»Wir sind da.«

»Wirklich?« Muriel fragte sich, wie Baku das wissen konnte, aber er blieb ihr wieder die Antwort schuldig und sagte nur: »Wir lassen die Pferde hier und gehen das letzte Stück zu Fuß.«

Sie banden die beiden Tiere an die Äste ein paar niedriger Sträucher, die in einer Mulde zwischen den Hügeln wuchsen, und erklommen geduckt laufend eine der Anhöhen. Muriel grübelte immer noch darüber nach, wie Baku im Dunkeln den Weg so sicher hatte finden können, aber oben auf der Hügelkuppe wurde ihr klar, dass er vermutlich nicht zum ersten Mal hier war.

»Runter!« Bakus Warnung wäre nicht nötig gewesen. Muriel hatte den Fackelschein, der die Nacht jenseits des Hügels erhellte, bereits entdeckt. Neben Baku legte sie die letzten Meter bis zur Kuppe auf dem Bauch robbend zurück und spähte dann vorsichtig darüber. Auf der anderen Seite erstreckte sich eine ausgedehnte Ebene, auf der unzählige Steinhaufen aufgeschüttet waren. Alle waren in etwa gleich groß, schmucklos und gewiss nicht natürlichen Ursprungs. Ein Irrtum war ausgeschlossen, vor ihnen lag ein Gräberfeld der Mongolen.

»Ich wusste es«, murmelte Baku neben ihr. »Ich wusste, dass sie ihn hier bestatten würden!«

»Und woher wusstest du das?«, fragte Muriel erstaunt.

»Das hier sind keine Fürstengräber«, erklärte Baku und ballte die Fäuste. »Es ist eine Schande, den Großkhan wie einen gewöhnlichen Hirten zu bestatten. Ein Wunder, dass sie ihm überhaupt sein Pferd mitgeben, damit es ...«

Ascalon! Muriel zuckte zusammen, als sei sie geschlagen worden. Baku redete weiter, aber sie hörte ihm nicht mehr zu. Mit den Augen suchte sie hektisch den Umkreis des Steinhügels, den die Krieger bereits errichtet hatten, nach Ascalon ab, konnte ihn aber nirgends entdecken.

Zu spät, dachte sie und fühlte, wie ihr die Tränen kamen, ich komme zu spät. Sie haben ihn bereits getötet.

»Was ist mit dir?«, hörte sie Baku dicht neben ihrem Ohr im Flüsterton fragen. »Stimmt etwas nicht?«

»Ja ... Nein ... Ich suche das Pferd«, stammelte Muriel, schluckte gegen die Tränen an und schniefte leise. »Ich kann es nirgendwo sehen.«

»Natürlich nicht.« Baku schien das fehlende Pferd nicht zu verwundern. Es wird neben dem Khan unter den Steinen liegen. Du hast doch selbst gehört, dass sie es töten wollten.«

Nein! Muriel ballte die Fäuste, um nicht laut losschreien zu müssen. Nein. Das durfte nicht sein. Nicht Ascalon! Wenn Baku recht hatte, war sie verloren. Dann würde sie ihre Heimat und ihre Familie niemals wiedersehen und niemals mehr auf Ascalon ...

»Seltsam.« Bakus Stimme erreichte sie wie aus weiter Ferne.

»Was?« Dieses eine Wort auszusprechen, kostete Muriel

viel Kraft, aber sie musste verhindern, dass Baku Verdacht schöpfte, und zwang sich dazu.

»Sie arbeiten nicht.« Baku deutete mit einem Kopfnicken auf das Gräberfeld. »Der Grabhügel ist erst zur Hälfte fertig, aber niemand schichtet mehr Steine auf. Es sieht fast so aus, als ob sie auf etwas warten.«

»Stimmt.« Jetzt erkannte auch Muriel, dass zehn der Mongolenkrieger im Feuerschein untätig herumstanden.

»Vielleicht ist es ein Ritual«, vermutete sie, weil sie das Gefühl hatte, etwas sagen zu müssen.

»Unsinn.« Baku schüttelte den Kopf. »Sie warten.«

»Und worauf?«

»Woher soll ich das wissen?«

»Ich dachte, du ...«

»Schscht!« Baku legte mahnend den Finger auf die Lippen und lauschte. Auch Muriel horchte in die Dunkelheit. Zunächst hörte sie nichts. Doch dann ertönten in der Ferne plötzlich Hufschläge.

»Tengri sei uns gnädig, wenn das mein Vater ist ...« Nun wirkte auch Baku nicht mehr so selbstsicher.

»Aber sie hatten doch beschlossen, die Krieger bei der Rückkehr abzufangen«, flüsterte Muriel ihm zu.

»Ich weiß.« Baku kaute nervös auf der Unterlippe. »Vielleicht haben sie es sich anders überlegt.«

In diesem Augenblick erschienen Reiter im Fackelschein. Die Krieger, die das Grab errichtet hatten, liefen sofort auf sie zu. »Wo ist es?«, fragten sie.

»Es ist fort.« Einer der Mongolen sprang vom Pferd und schüttelte bedauernd den Kopf. »Es war zu schnell für uns, wir konnten es nicht einholen.«

»Dann ist es Tengris Wille, dass es lebt«, sagte ein anderer. »Wir müssen den Khan ohne sein Pferd bestatten.«

... ohne sein Pferd bestatten. Niemals zuvor hatte Muriel etwas Schöneres gehört. Ascalon war nicht tot. Er war geflohen. Er lebte! Ihr Herz machte vor Freude einen Sprung. Alles würde gut werden.

Auch Baku atmete auf. »Ein Glück, es ist nicht mein Vater«, sagte er. »Das Pferd des Khan ist fortgelaufen. Darauf haben sie gewartet.«

»... ohne *sein* Pferd vielleicht, aber nicht ohne *ein* Pferd«, hörte Muriel einen der Mongolen sagen, als Baku geendet hatte. Sie sah, wie er ein Messer zog. »Wenn Tengri ihm das Pferd verweigert, werde ich dem Großen Khan mein bestes Pferd mitgeben, damit er nicht ohne ein Reittier in die himmlische Steppe einziehen muss.«

Die Klinge blitzte auf und Muriel wandte sich hastig ab. Als sie wieder aufblickte, musste sie dabei zusehen, wie vier Mongolen eines der Pferde zu dem Grabhügel schleiften, während die anderen damit fortfuhren, Steine über dem Leichnam des Khan und des Pferdes aufzuschichten.

»Das ist grausam«, sagte sie entsetzt und betroffen zugleich.

»Nein, es ist großmütig«, erwiderte Baku. »Der Große Khan wird es ihm danken. Da bin mir ganz sicher –

komm!« Er wandte sich um und machte sich daran, den Hügel hinabzukriechen.

»Jetzt schon?«

»Ich habe alles gesehen, was ich wissen muss.«

»Was hast du vor?«

»Ich habe mir die Lage des Grabes genau eingeprägt«, erklärte Baku. »Ich werde eine Karte davon zeichnen und sie für mein Volk verwahren. Der Große Khan darf nicht vergessen werden. Es ist besser, wir reiten wieder los, ehe uns jemand hier entdeckt.« Er richtete sich auf und lief geduckt zu den Büschen, an denen sie die Pferde angebunden hatten.

Muriel ließ sich Zeit. Sie wusste, was sie jetzt tun musste, und hatte auch schon einen Plan. Nur war sie nicht sicher, ob er funktionieren würde. Sie löste den halb vollen Wasserschlauch von ihrem Gürtel und nahm das kleine Fläschchen zur Hand, das sie die ganze Zeit an einem Lederband um den Hals getragen und unter den Kleidern verborgen hatte. Mit den Zähnen zog sie den Stopfen heraus und ließ die ganze Flüssigkeit in den Wasserschlauch laufen. Als der letzte Tropfen das Fläschchen verließ, begann es fast unmerklich zu leuchten und sich unter Muriels staunenden Blicken aufzulösen, bis sie nur noch ein einfaches Lederband in den Händen hielt. »Cool.« Obwohl Muriel gewusst hatte, dass dies geschehen würde, war sie von dem kleinen Zauber so überwältigt, dass sie den Blick nicht von ihrer Handfläche lösen konnte.

Kostbare Sekunden verstrichen, ehe sie sich wieder an ihre Aufgabe erinnerte. Hastig verschloss sie den Wasserschlauch, schüttelte ihn kräftig und schloss dann zu Baku auf, der schon bei den Pferden wartete.

»Wo bleibst du denn so lange?«, wollte er wissen.

»Ich hatte Durst und habe etwas getrunken.« Muriel hielt ihm den Wasserschlauch hin. »Willst du auch einen Schluck?«

Bitte sag Ja! Sag Ja!, flehte Muriel in Gedanken. Er muss es sofort trinken, hatte die Schicksalsgöttin gesagt, nur dann würden auch die richtigen Erinnerungen gelöscht werden. Und jetzt war sofort.

»Danke!« Baku schien keinen Argwohn zu hegen. »Du bist ja besser vorbereitet als ich«, sagte er, während er den Stopfen des Wasserschlauchs herauszog. »Da muss ich mich ja fast schämen.«

»Das war Zufall«, log Muriel.

»Na dann.« Baku nickte ihr zu und leerte den Wasserschlauch in wenigen Zügen. Muriel konnte nicht glauben, dass alles so glattging. Sie hatte fest damit gerechnet, dass es Schwierigkeiten geben würde, und jetzt, ganz plötzlich, hatte sie ihre Aufgabe erfüllt. Dass der Trank wirken würde, daran bestand für sie kein Zweifel. Richtige Freude wollte sich auf dem langen Rückweg dennoch nicht bei ihr einstellen. Der Tod des kleinen Steppenpferdes ging Muriel nicht aus dem Kopf und das Wissen darum, dass auch die Mongolenkrieger getötet werden würden, um die Lage des Grabes geheim zu halten, machte alles noch viel schlimmer. Sie kam sich vor wie eine Verräterin, und obwohl sie sich immer wieder sagte, dass sie nicht in den Lauf der Geschichte eingreifen durfte, wollte das Gefühl nicht weichen.

Schweigend ritt sie neben Baku her, der offenbar seinen eigenen Gedanken nachhing und nicht reden wollte. Einmal glaubte Muriel, in der Ferne den Schatten eines großen Pferdes zu sehen, das sie in sicherer Distanz begleitete. Ihr Herz schlug schneller und für einen Moment spürte sie einen Anflug von Freude, als sie Ascalon zu erkennen glaubte, aber der Augenblick verging so schnell, dass es auch eine Täuschung gewesen sein konnte.

Mit dem Steppenwind

Obwohl Muriel wusste, dass es die letzte Nacht im Ger von Kubilay sein würde, fand sie keinen Schlaf. Das Erlebte hallte noch in ihren Gedanken nach und das Wissen darum, dass sich das Schicksal von fünfzehn Mongolen irgendwo dort draußen in diesen Stunden erfüllte, ließ sie keine Ruhe finden. Rastlos wälzte sie sich unter ihrer Decke von einer Seite auf die andere, während die Geräusche, die von Bakus Lager zu ihr drangen, verrieten, dass es dem jungen Mongolen nicht anders erging.

Als Kubilay am frühen Morgen heimkehrte und sich schlafen legte, wusste sie, dass es vorbei war. Noch in tausend Jahren würde niemand sagen können, wo sich das Grab von Dschingis Khan befand. Sie hatte gerade einen wichtigen Beitrag dazu geleistet, dass es auch so bleiben würde, aber richtig freuen konnte sie sich darüber nicht.

Sie war froh, als ein schwaches Licht hinter dem Zelteingang vom heraufziehenden Morgen kündete, und begann sich über den nahen Abschied Gedanken zu machen. Sie hatte Sande-An und besonders Bakus kleine Schwestern inzwischen sehr ins Herz geschlossen, trotzdem war sie froh, wieder nach Hause zurückzukehren.

Nach allem, was geschehen war, wusste sie, dass sie es nicht würde ertragen können, sich von Kubilay zu verabschieden. Daher hielt sie es für besser, das Ger heimlich zu verlassen – auch wenn es nach all der herzlichen Gastfreundschaft, mit der die Familie sie aufgenommen hatte, sehr unhöflich erscheinen musste. Ein weiterer Grund war, dass sie nicht vorhatte, etwas mitzunehmen, und fürchtete, dass man sie mit Fragen bedrängen würde, auf die sie nicht antworten konnte. Schon deshalb erschien ihr ein heimlicher Aufbruch mehr als angebracht.

Leise stand Muriel auf, huschte durch das Zelt und nahm sich etwas Aruul. Sie wusste nicht, wann und wo sie auf Ascalon treffen würde, und wollte nicht mit leerem Magen aufbrechen.

Baku schien doch noch eingeschlafen zu sein. Er rührte sich nicht.

»Gehst du fort, Ojuna?« Amra setzte sich unter ihren Fellen auf, rieb sich die Augen und schaute Muriel an.

»Ja. Schscht!« Muriel flüsterte, um die anderen nicht zu wecken und legte den Finger mahnend auf die Lippen.

Amra verstand. »Jetzt schon?«, fragte sie leise.

»Ja. Es ist ein weiter Weg nach Hause.«

»Schade.« Amra schaute sie traurig an. »Ich werde dich vermissen.«

»Ich dich auch.« Muriel lächelte. »Aber ich möchte zurück zu meiner Familie. Das verstehst du doch sicher.«

»Ja.«

»Sei so lieb und richte Sande-An und Kubilay meinen Dank aus. Und grüße auch die anderen von mir«, bat Muriel und fügte hinzu: »Sag ihnen, ich habe mich bei euch sehr wohl gefühlt.«

»Das mache ich.« Amra nickte ernst. »Möge Tengri dich auf deinem Ritt beschützen.«

»Und dich und deine Familie auch.« Muriel war schon an der Tür. »Bayartai – Auf Wiedersehen.« Ein letztes Mal schaute sie sich um und hob zum Abschied die Hand, dann schlüpfte sie hinaus.

Draußen empfingen sie die Kühle des Morgens und die Stille eines schlafenden Lagers. Nur über einer Handvoll der Rundzelte stiegen schon Rauchfahnen auf, die davon kündeten, dass die Frauen die Herdfeuer bereits entzündet hatten. Muriel umrundete Kubilays Ger mit schnellen Schritten. Mit etwas Glück würde sie das Lager verlassen können, ohne jemandem zu begegnen.

Der kleine Hengst, den der Khan ihr geschenkt hatte, stand nicht weit entfernt. Neben Bakus Pferd und den Pferden der Mädchen war er mit dem Halfter an einer straff gespannten Leine nahe dem Ger angebunden und stand mit hängendem Kopf dösend in der Morgendämmerung.

Dampf stieg aus seinen Nüstern auf, als er schnaubte und die Mähne schüttelte. Er schien zu spüren, dass der Aufbruch nahe war, und scharrte ungeduldig mit den Hufen, hielt aber still, als Muriel sich bückte, um die Fesseln zu lösen. Muriel überlegte kurz, ob sie aufsitzen sollte, entschied sich dann aber dafür, den Hengst am Halfter zu führen. Seit er mit ihr durchgegangen war, hatte sie großen Respekt vor ihm und wollte so kurz vor der Heimkehr keinen Abwurf mehr riskieren. Den Hengst mit sich führend, machte sie so große Schritte, wie es ihr die dicke Lederkleidung nur erlaubte. Während sie nach dem kürzesten Weg aus dem Lager suchte, wanderte ihre Hand wie von selbst zu dem »Ring der Hüter«. Ihre Finger ertasteten die beiden germanischen Schriftzeichen und sie fühlte Zuversicht in sich aufsteigen.

Sollten Ascalon und du einmal getrennt werden, wird es der Ring sein, der euch wieder zusammenführt. Wo du auch bist, Ascalon wird dich finden, solange du den Ring bei dir hast, hörte sie die Worte der Schicksalsgöttin noch einmal in Gedanken, die ihr den Ring einst geschenkt hatte. Muriel atmete tief durch und beschleunigte ihre Schritte. Sie wusste, ganz gleich, welche Richtung sie auch wählte, Ascalon würde sie finden.

»Ojuna! Ojuna warte!« Eine helle Stimme riss Muriel aus ihren Gedanken. Im ersten Moment glaubte sie, Amra wäre ihr gefolgt, aber als sie sich umdrehte, erkannte sie, dass sie sich getäuscht hatte.

»Nara?« Muriel blieb stehen und wartete, bis das kleine Mädchen zu ihr aufgeschlossen hatte. »Was machst du denn so früh hier draußen?«

»Ich will Dung sammeln.«

»Jetzt schon?«

»Ja«, Nara nickte. »Wir haben kaum noch etwas, um ein Feuer zu machen. Später sind alle unterwegs, dann findet man nicht mehr so viel.« Sie schaute Muriel an und sagte: »Ich habe dich beim Naadam unter den Zuschauern gesehen und nach dir gesucht, aber du warst schon fort.«

»Ich habe dich auch gesehen.« Muriel lächelte. »Du bist als Dritte ins Ziel gekommen. Das war wunderbar. Deine Familie ist sicher sehr stolz auf dich.« Sie lachte. »Und ich dachte, du könntest nicht reiten.«

»Ja, sie sind sehr stolz.« Nun lachte auch Nara. »Aber was ist mit dir? Warum führst du dein Pferd am Halfter? Kannst du es nicht reiten?«

»Doch, aber ich möchte es schonen, wir haben noch einen weiten Weg vor uns.«

»Reitest du wieder nach Hause?« Nara machte ein betrübtes Gesicht. »Wie schade, jetzt wo ich dich gerade wiedergefunden habe. Toja wird darüber sehr traurig sein.«

»Ja, das ist schade, aber ich kann leider nicht hierbleiben. Ich muss meinen Eltern zu Hause helfen. Sag ihr liebe Grüße von mir.«

»Ich muss meinen Eltern auch helfen.« Nara seufzte und deutete auf den Korb, in dem sie den Dung sammeln wollte. »Dann wünsche ich dir eine gute Reise. Bayartai, Ojuna«

»Bayartai, Nara.« Muriel drehte sich um und setzte ihren Weg fort, während Nara damit begann, den über Nacht angetrockneten Dung zwischen den grasenden Schafen und Yaks aufzusammeln.

Obwohl Muriel sich darüber freute, Nara so unverhofft noch einmal getroffen zu haben, war ihr bewusst, dass sie durch das Gespräch kostbare Zeit verloren hatte. Auf keinen Fall durfte sie mit Ascalon gesehen werden. Da jetzt jeder das Pferd von Dschingis Khan kannte, konnte man sie leicht für eine Pferdediebin halten. Es half nichts, sie musste so weit laufen, dass sie vom Lager aus nicht mehr gesehen werden konnte.

Eine Viertelstunde später führte Muriel ihren Hengst in eine Mulde, die ihnen einen guten Sichtschutz bot. Insgeheim hatte sie gehofft, dass Ascalon sie dort schon erwarten würde, aber als sie hinunterblicken konnte, fehlte von ihm jede Spur.

Vielleicht bin ich doch in die falsche Richtung gelaufen? Muriel wusste, dass das Unsinn war. Der Gedanke kam ihr aber trotzdem. Unschlüssig, was sie tun sollte, entschied sie sich, nicht mehr weiterzugehen, auf den Ring zu vertrauen und am Grund der Senke auf Ascalon zu warten.

Die Minuten verstrichen, aber nichts geschah.

Und wenn er den Kriegern doch nicht entkommen ist?

Wenn sie ihn doch noch eingefangen und getötet haben? Muriel kämpfte gegen die leise Stimme in ihrem Innern an, die ihr zuflüstern wollte, dass Ascalon etwas zugestoßen war, aber die gab keine Ruhe und wurde sogar noch hartnäckiger, je mehr Zeit verstrich. Dazu kam, dass alle ihre Versuche, Ascalon zu erreichen, scheiterten. Sie spürte weder seine Nähe noch konnte sie einen Gedanken von ihm auffangen.

Es ist, als gäbe es ihn gar nicht. Die Vorstellung stürzte Muriel in tiefe Verzweiflung. Um sich abzulenken, dachte sie an den Birkenhof, an ihre Mutter und an ihren Vater, der für ein paar Monate auf einer Baustelle in der Wüste arbeitete. Sie dachte an Teresa, an Mirko und sogar an Vivien, aber das machte die Sache nur noch schlimmer. Je mehr sie über zu Hause sinnierte, desto verzweifelter wurde sie. Wenn Ascalon etwas zugestoßen war, war sie verloren. Dann musste sie bis ans Ende ihres Lebens hier in der mongolischen Steppe ausharren und würde nie mehr ... nie wieder ... nie ... Muriel kämpfte gegen die Tränen an und versuchte an etwas anderes zu denken. Aber was sie auch tat, die Sorge um Ascalon blieb.

Einmal hörte sie Hufschläge sich nähern, hielt den Atem an und horchte, aber es war wohl nur ein Bote der Mongolen, der in der Nähe der Mulde vorbeiritt, denn der Hufschlag entfernte sich alsbald und auch der Takt der Hufe war viel zu schnell für Ascalon.

Muriel seufzte niedergeschlagen und setzte sich neben

dem Hengst, der zu grasen begonnen hatte, auf den Boden. Dann nahm sie den Ring noch einmal in die Hand, schloss die Finger fest darum und richtete all ihre Gedanken an Ascalon.

»Wo bist du? Ich warte auf dich.« Immer wieder sandte sie die Worte aus, aber erst, als sie schon nicht mehr auf eine Antwort hoffte, erreichte sie das vertraute Gefühl, nicht allein zu sein, und etwas, das in ihrem Kopf die Worte formte: *Ich komme!*

Ascalon! Muriel sprang auf und schaute sich um. Sie konnte ihr Glück kaum fassen. Sie hatte sich nicht getäuscht. Ascalon lebte. Er hatte sie gefunden. Er kam zu ihr! Jetzt konnte es nicht mehr lange dauern, bis sie wieder zu Hause war.

Und dann kam er. Erst im letzten Augenblick hörte Muriel seinen Hufschlag und kaum, dass sie sich umdrehte, sah sie ihn auch schon auf dem Rand der Senke stehen. Die aufgehende Sonne ließ seine seidige Mähne erstrahlen und sie wie pures Gold schimmern. Wieder war es ein Anblick wie im Film. Atemberaubend schön und so überirdisch, dass sie die Geschichte von Tengris Götterpferd fast sogar selbst geglaubt hätte.

Mit vorsichtigen Schritten kam Ascalon den Hang hinunter und stupste sie zur Begrüßung sanft mit den weichen Nüstern an. Alles ist gut, schien er ihr sagen zu wollen und genau das dachte auch Muriel in diesem Augenblick.

»Ich wusste, dass du lebst. Ich wusste es!« Überglücklich schlang sie die Arme um den Hals des Wallachs und schmiegte ihre Wange an sein sonnenwarmes Fell. Einen Augenblick lang genoss sie das Gefühl der Nähe, dann löste sie die Umarmung und sagte voller Tatendrang: »Jetzt aber schnell nach Hause.«

Ascalon schien das ebenso zu sehen, denn er nickte mit seinem Kopf. Trotzdem saß Muriel nicht sofort auf. Eines gab es noch zu tun: Mit wenigen Handgriffen befreite sie den kleinen Hengst von seinem Halfter, gab ihm einen kräftigen Klaps auf das Hinterteil und rief: »Na los, lauf schon! Du bist frei!«

Das ließ sich das kleine Pferd nicht zweimal sagen. Nach kurzem Zögern stieg er mit wirbelnden Hufen, wieherte schrill und preschte im harten Galopp der Steppenpferde davon.

Muriel sah ihm nach, bis er die Hügelkuppe überwunden hatte, dann griff sie in Ascalons Mähne und schwang sich mit einem kraftvollen Satz auf seinen Rücken. Sagen musste sie nichts. Ascalon wusste, was zu tun war. Mit ausladenden Schritten trug er Muriel den Hügel hinauf, fiel oben angekommen nahezu übergangslos in einen bodengewinnenden Galopp und preschte mit wehender Mähne über die Steppe, bis die Welt um Muriel herum zu einem grünen Farbenmeer wurde, in dem es keine Konturen mehr zu geben schien.

Begegnung im Nebel

Durch Finsternis und Kälte trug Ascalon Muriel fast eintausend Jahre zurück in die Zukunft, ohne auch nur einmal innezuhalten. Unter den Blitzen des heftigen Zeitunwetters, das sie auch diesmal wieder heimsuchte, begann sein Fell erneut silbern zu schimmern, während sich ringsherum die magische Lichtkugel bildete, die sie vor den zerstörerischen Kräften in der Sphäre schützte.

Muriel beobachtete das Geschehen ohne Furcht. Nachdem die Reise zu den Mongolen ohne Zwischenfälle verlaufen war, hatte sie neuen Mut und neue Zuversicht gefunden. Die Furcht und die Unsicherheit, die sie vor dem Ritt gespürt hatte, waren verflogen.

Was blieb, war die Erkenntnis, dass sie auf ihren Reisen in die Vergangenheit immer damit rechnen musste, dass etwas schiefging, aber das musste sie auch, wenn sie zu ihrer Mutter oder zu Teresa ins Auto stieg. Und da dachte sie schließlich auch nicht jedes Mal daran, was bei einer Autofahrt alles passieren konnte.

Trotzdem war sie froh, als die Blitzeinschläge nachließen und Ascalons Fell wieder die eigentümliche nussbraune Farbe eines American Sattlebred Horse annahm. Wie selbstverständlich nahm sie zur Kenntnis, dass die dicke Lederkleidung der Mongolen verschwunden war. Sie trug nun wieder die bequemen Klamotten des 21. Jahrhunderts, die sie nach nunmehr vier Zeitreisen sehr zu schätzen gelernt hatte. Gemessen an dem, was die Menschen früher für kratzige und unbequeme Kleidung getragen hatten, erschien ihr selbst der steife Blazer, den sie zu Weihnachten in der Kirche hatte tragen müssen, wie ein superbequemes Kleidungsstück.

Wie schon bei ihrem letzten Ritt durch die Zeit wurden Muriel und Ascalon in der seltsamen Welt der Schicksalsgöttin von Nebel empfangen. Und wie immer fand Ascalon die Hütte, in der die Göttin wohnte, mit traumwandlerischer Sicherheit. Doch anders als beim letzten Mal erwartete die Schicksalsgöttin sie diesmal schon auf der Lichtung.

»Das habt ihr wirklich gut gemacht.« Lächelnd kam sie auf Ascalon und Muriel zu, als sie die beiden im Nebel näher kommen sah. »Ich bin stolz auf euch.«

»Stehen Sie hier schon lange?« Die Frage entschlüpfte Muriel wie von selbst. Zu spät erkannte sie, dass es sich sehr unhöflich anhören musste, und fügte hastig hinzu: »Ich ... ich meine, dass ... also, wie ... woher wussten Sie, dass wir jetzt kommen?«

»Lange?« Die Schicksalsgöttin gab ein glockenhelles Lachen von sich. »Was für eine Frage. Was ist lange für jemanden, der unsterblich ist wie ich? Was ist lange, an einem Ort wie diesem, wo die Zeit keine Macht besitzt?«

»Stimmt, die Frage war dumm, ich habe nicht nachgedacht.« Muriel senkte beschämt den Blick.

»O nein, sie war philosophisch.« Fast übergangslos wurde die Göttin wieder ernst. »Es gab Zeiten, in denen Fragen wie diese die Gedanken vieler Götter bestimmten. Sie dachten angestrengt darüber nach. Über Zeit, Vergänglichkeit und Ewigkeit, und ob es das Ende aller Dinge irgendwann einmal geben würde. Sie grübelten und grübelten und vergaßen darüber ihre Pflichten, so lange, bis die Menschen sich von ihnen lossagten und sich einem neuen Gott oder neuen Göttern zuwandten.«

»Und was geschah dann?«

»Es erging ihnen wie so vielen vergessenen Göttern. Sie wurden immer schwächer. Ihre Hüllen wurden fast durchscheinend. Manche verschwanden ganz.«

»Wohin?«

Die Schicksalsgöttin seufzte. »Das, liebe Muriel, ist eine Frage, die selbst ich dir nicht beantworten kann. Nicht weil ich es nicht will, sondern weil ich es nicht weiß.«

Die Antwort stellte Muriel nicht zufrieden, aber sie

spürte auch, dass sie nicht mehr erfahren würde, und wechselte das Thema: »Aber woher wussten Sie, dass wir gerade jetzt zurückkommen?«

»Ich habe die Forscher in der Mongolei beobachtet.«

»Und?« Muriel horchte auf. »Haben sie Bakus Grab gefunden? Und die Karte auch?«

»Ja, das haben sie.« Die Göttin nickte und lächelte. »Du hättest sehen sollen, wie aufgeregt sie waren. Sie sind sofort aufgebrochen, um das Grab im Norden zu suchen.«

»Und?« Muriel war sich nicht sicher, ob Norden eine gute oder schlechte Richtung war.

»Dort, wo sie suchen, werden sie das Grab des Großkhan nie finden. Es liegt weit im Westen.« Die Göttin schaute Muriel wohlwollend an. »Das hast du wirklich gut gemacht.«

»Danke.«

Ascalon schnaubte leise.

Die Göttin schmunzelte, klopfte ihm mit der flachen Hand den Hals und fügte hinzu: »Und du natürlich auch.«

»Dann ist das Grab jetzt sicher?«, wollte Muriel wissen.

»Ja.«

»Das ist gut.« Sie atmete auf.

»Ja, das ist es.« Die Göttin lächelte. »Dank euch.« Sie schaute Muriel an und fragte: »Und, wie ist es dir ergangen?«

»Diesmal gab es beim Ritt durch die Zeit keine Probleme«, erzählte Muriel erleichtert. »Und die Mongolen waren sehr gastfreundlich zu mir. Ich habe bei Bakus Familie gelebt, die mich wie eine eigene Tochter behandelt hat, und ich habe viel über das Leben damals erfahren.«

»Das freut mich zu hören.«

»Wenn da nicht die ständige Sorge um Ascalon gewesen wäre, hätte ich den Ausflug richtig genießen können.«

»Du warst in Sorge? Warum?« Die Göttin zog erstaunt eine Augenbraue in die Höhe. »Du weißt doch, dass er sehr gut auf sich aufpassen kann.«

»Ja, schon.« Muriel verstummte kurz und sagte dann: »Aber sie wollten ihn töten.«

»Viele Kulturen gaben ihren Herrschern Pferde als Grabbeigaben mit auf den Weg ins Jenseits.« Die Göttin nickte. »Das mag dir heute unsinnig und grausam erscheinen, aber sie waren der Meinung, dass es den Herrschern nach ihrem Tod an nichts mangeln sollte. Ascalon wusste um die Gefahr und war gewarnt. Um ihn hättest du dir keine Sorge machen müssen.«

»Die Ungewissheit war furchtbar.« Muriel seufzte. »Am schlimmsten aber war, dass Ascalon sich oft lange nicht mit mir in Verbindung gesetzt hat. Ich meine, wenn ich ihn schon nicht sehen konnte, dann hätte er mir doch wenigstens in Gedanken ein Es-geht–mir-gut-Gefühl schicken können oder irgendein anderes Lebenszeichen. Das hat er bei den Maya doch auch gemacht, als er sich im Urwald verstecken musste. Aber das hat er diesmal nicht, oder nur ganz selten. Am Ende dachte ich wirklich, sie hätten ihn doch noch eingefangen und getötet.«

»Ich verstehe deinen Unmut und deine Unruhe«, sagte die Göttin. »Es tut mir aufrichtig leid, dass es so weit kommen musste, denn es ist auch ein wenig mein Fehler. Ich hatte vergessen, dir zu erzählen, dass einige Schamanen der Mongolen ein feines Gespür für Übernatürliches besaßen. Hätte Ascalon sich zu oft mit dir in Verbindung gesetzt, wäre es möglich gewesen, dass sie davon erfahren hätten. Daher hat er oft geschwiegen, um dich nicht zu verraten. Am Ende war er auf der Flucht. Es bestand die Gefahr, dass die Schamanen ihn aufspürten und ihm Krieger nachsenden würden. Er musste sich wie ein ganz normales Pferd verhalten. Nur so war er sicher.«

»Ach so.« Jetzt endlich verstand Muriel, warum Ascalon sich so zurückgehalten hatte. »Das hätten Sie mir wirklich sagen müssen.«

»Das nächste Mal werde ich versuchen, alles zu bedenken.« Die Göttin hob die Hand zum Schwur. »Versprochen.«

»Immerhin hatte ich den Ring dabei«, sagte Muriel. »Damit war ich mir ganz sicher, dass Ascalon mich finden würde.«

»Das stimmt auch. Dieser Ring ist bei Zeitreisen von unschätzbarem Wert. Er hat schon so manchem Wächter das Leben gerettet.«

»Na, so schlimm war es zum Glück noch nicht.« Muriel

lachte. »Aber jetzt freue ich mich auf zu Hause – und auf mein Pausenbrot mit Mortadella.« Sie schüttelte sich, schnitt eine Grimasse und fügte hinzu: »Bei den Mongolen gab es jeden Tag mindestens einmal Hammelfleisch zu essen.«

»Die Mongolen hat das damals nicht gestört.«

»Aber mich.« Muriel richtete sich im Sattel auf und griff in Ascalons Mähne. »Bayartai!«, sagte sie und fügte erklärend hinzu: »Das ist mongolisch und heißt: auf Wiedersehen.«

»Bayartai. Sain saihniig husie! Das ist mongolisch und heißt: auf Wiedersehen und alles Gute!« Die Schicksalsgöttin hob lachend die Hand. »Wir sehen uns wieder. Ich weiß es.«

»Und ich hoffe es!« Muriel lachte ebenfalls und ließ Ascalon antraben. Der Nebel wallte unter seinen Hufen, als er mit lockerem Schritt auf den Waldweg zutrabte, der die Lichtung mit dem Birkenhof verband. Lautlos berührten die Hufe den Boden. Auch als er das Tempo beschleunigte, vom Trab in den Galopp fiel und schließlich so schnell ritt, dass Muriel kaum noch etwas von der Umgebung erkennen konnte, war kein Hufschlag zu hören. Wie eine Geisterreiterin auf ihrem Geisterpferd preschte Muriel mit Ascalon durch den wundersamen Wald in der Welt der Schicksalsgöttin. Weiter und weiter, bis Ascalon schließlich zum Sprung ansetzte …

Die Horden des Khan

Schnee stob auf, als Ascalon und Muriel auf der Wiese hinter dem Stall landeten. Es war immer noch bitterkalt, aber nach der eisigen Kälte in der mongolischen Steppe hatten die wenigen Minusgrade für Muriel ihren Schrecken verloren.

Die kleine Pferdeherde des Birkenhofs stand noch immer um die Heuraufe versammelt. Nur zwei von ihnen hoben den Kopf, als Ascalon sich zu ihnen gesellte. Keines der Tiere schien ihn vermisst zu haben. Muriel glitt von seinem Rücken und verabschiedete sich von ihm mit einer herzlichen Umarmung.

»Ich wünschte, ich könnte auch ein wenig ausruhen«, sagte sie zu ihm. »Aber ich muss jetzt in die Schule.«

... in die Schule.

Wie seltsam das klang. Nach all dem, was sie gerade erlebt hatte, gelang es Muriel nur schwer, sich in der vertrauten Umgebung zurechtzufinden. Zum ersten Mal spürte sie so etwas wie einen Bruch in ihrem Innern, der zwischen den Welten klaffte und der es ihr schwer machte, einfach zur gewohnten Tagesordnung überzugehen. Am liebsten wäre sie jetzt nach Hause gegangen und hätte sich in ihr Bett verkrochen und den Tag verschlafen, um mit dem neuen Morgen ihr altes Leben wiederaufzunehmen. Aber das würde Teresa als Schuleschwänzen erkennen und niemals zulassen.

Für einen Augenblick überlegte sie, ob Fannys Rettung als Ausrede für einen schulfreien Tag herhalten konnte, immerhin hatte sie mit Andrea sogar eine Zeugin vorzuweisen. Aber diesen Gedanken verwarf sie schnell wieder.

»Auch heldenhafte Pferdelebensretterinnen müssen etwas lernen, mi chica«, würde Teresa gewiss sagen und sie zur »Belohnung« höchstens von Andrea mit dem Auto zur Schule fahren lassen.

Da konnte sie auch gleich das Fahrrad nehmen.

Muriel seufzte und rieb die Wange noch einmal an Ascalons warmem Fell. Dann stapfte sie über die Wiese zu ihrem Fahrrad und machte sich zum zweiten Mal an diesem Morgen auf den Weg zur Schule.

»Mensch, Muriel, wo warst du denn so lange?« Nadine verbrachte die Pause zwischen Geschichte und Latein im Klassenraum. Als sie Muriel eintreten sah, legte sie ihr Salamibrot aus der Hand, kam auf ihre Freundin zu und stutzte. »Geht es dir gut?«, fragte sie besorgt. »Du siehst so mitgenommen aus. Ist etwas passiert?«

»Nein ... ja ... doch schon.« Muriel ging zu ihrem Platz und legte ihren Rucksack auf den Tisch. »Ziemlich viel sogar.« Sie seufzte und versuchte sich daran zu erinnern, wie Fannys Rettung abgelaufen war. Seit sie auf dem Weg zur Schule umgekehrt war, waren hier nur knappe zwei Stunden vergangen, während sie selbst inzwischen viele Tage bei den Mongolen verbracht hatte. Fannys Ausflug aufs Eis und dessen Folgen erschienen für sie unendlich weit entfernt, andererseits boten die Ereignisse einen guten Vorwand dafür, ihre Zerstreutheit zu erklären. »Fanny ist auf den See hinausgelaufen und im Eis eingebrochen«, sagte sie knapp.

»Fanny?« Nadine wurde im Gesicht so weiß wie die Tafelkreide. »O mein Gott. Was ... was ist mit ihr? Ist sie ...?«

»Keine Sorge, es geht ihr gut.« Muriel lächelte. Sie schämte sich ein wenig, weil sie ihrer Freundin mit den knappen Worten einen solchen Schrecken eingejagt hatte. »Die Feuerwehr hat sie aus dem Wasser gezogen. Jetzt kümmert sich Andrea um sie.«

Nadine atmete hörbar auf. Die Blässe hingegen wich nur langsam aus ihrem Gesicht. »Wie ist das passiert? Wer hat sie gefunden? Wie hat die Feuerwehr sie da rausgeholt? Was ist ...?«

Das Klingeln unterbrach ihre Fragen. Muriel nutzte die

Gelegenheit, um zu antworten. »Sie war wohl neugierig und hat sich zu weit aufs Eis gewagt. Der Zaun war eingefroren und konnte sie nicht aufhalten. Ein paar Meter vom Ufer entfernt ist sie dann eingebrochen. Ich wollte kurz nach Ascalon sehen und habe sie zufällig entdeckt. Mit den Hufen hatte sie schon ein großes Loch ins Eis gebrochen, kam aber alleine nicht raus. Ich habe dann mit meinem Handy die Feuerwehr gerufen und die haben sie dann …«

»Es wäre wirklich nett, wenn Muriel und Nadine sich jetzt auch auf den Unterricht konzentrieren würden«, mischte sich Frau Büchners Stimme in Muriels Redefluss. »Nichts ist so dringend, dass ihr es nicht auch in der nächsten Pause besprechen könnt.«

Nadine setzte zu einer entrüsteten Antwort an, aber ein mahnender Seitenhieb von Muriel erstickte diese noch im Keim. Während Frau Büchner sich mit den Worten »Gut, dann können wir ja jetzt endlich anfangen« zur Tafel drehte, flüsterte Muriel Nadine schnell zu: »Fanny geht es gut, wirklich.«

In den folgenden vier Schulstunden war mit Nadine nicht allzu viel anzufangen. Obwohl Muriel ihr in der großen Pause alles haarklein erzählte, geduldig alle Fragen beantwortete und immer wieder betonte, dass es Fanny an nichts fehlte, gelang es ihr nicht, Nadine zu beruhigen. Auch nachdem Nadine Andrea über ihr Handy angerufen hatte und diese ihr noch einmal bestätigte, dass Fanny wohlauf war, wurde Nadine nicht ruhiger. Die Sorge um ihre geliebte Connemarastute war so groß, dass sie dem Unterricht kaum folgen konnte. Muriel kam das ganz gelegen. So fiel Nadine nicht auf, wie abwesend sie war, und wenn eine Lehrerin sie auf ihre mangelhafte Beteiligung ansprach, hatte Nadine immer die passende Erklärung parat.

Nach Schulschluss bestand Nadine darauf, Muriel und Vivien zum Birkenhof zu begleiten, um nach Fanny zu sehen. Unterwegs musste Muriel Vivien die ganze Geschichte noch einmal erzählen, worauf diese beleidigt anmerkte, dass immer nur dann etwas Spannendes passieren würde, wenn sie nicht dabei war.

Nachdem Nadine Fanny im Stall besucht und sich davon überzeugt hatte, dass es ihr wirklich gut ging, fühlte sie sich besser. »Was ist nun mit dem Kinobesuch heute Nachmittag? Kommst du mit?«, fragte sie Muriel, als sie den Stall verließen.

Muriel hatte eigentlich keine große Lust, fand aber, dass Nadine die Abwechslung nach all der Aufregung guttun würde. »Gern«, sagte sie. »Was läuft denn?«

»*Die Horden des Khan*. Du weißt doch, dieser Film über die Mongolen, von dem ich dir erzählt habe.« Nadine lachte. »Mit vielen Pferden.«

»Ach, stimmt ja!« Muriel räusperte sich. Sie konnte sich nicht mehr so genau an das Gespräch erinnern, aber das war nach den Ereignissen der vergangenen Tage auch kein Wunder.

»Der soll wirklich gut sein. Tolle Landschaftsbilder, viel Action und eine kleine Liebesgeschichte. Also mich würde es schon interessieren, wie die Mongolen damals gelebt haben. Sie sollen ja hervorragende Reiter gewesen sein.«

Muriel zögerte.

»Na komm schon.« Nadine knuffte sie mit dem Ellbogen. »Wir müssen auch nicht mit dem Fahrrad nach Willenberg fahren. Meine Mutter hat gesagt, sie fährt uns hin und holt uns auch wieder ab.«

»Also gut.« Muriel nickte. »Ich komme mit.«

»Klasse.« Nadine schnappte sich ihr Fahrrad. »Wir holen dich gegen halb fünf ab.« Sie wollte gerade losradeln, hielt dann aber noch einmal inne. »Sag mal, meinst du, dass meine Eltern den Einsatz der Feuerwehr bezahlen müssen?«, fragte sie besorgt.

»Keine Ahnung.« Muriel schüttelte den Kopf. »Ihr könnt ja nichts dafür, dass Fanny abgehauen ist. Da müsste schon eher meine Mutter bezahlen, weil der Zaun zu niedrig war.«

»Stimmt auch.« Nadine überlegte kurz. »Ach was, das kriegen die Erwachsenen schon hin«, sagte sie schließlich und fuhr los. »Hauptsache, meiner Fanny geht es wieder gut.«

»Isländer, Haflinger und deutsche Reitponys!« Muriel griff nach dem Popcorn und stopfte sich eine Handvoll in den Mund. »Fie haben efft keine Ahnung«, sagte sie kauend.

»Wie meinst du das?«, fragte Nadine.

Muriel schluckte das Popcorn hinunter und sagte: »Die Mongolen sind auf ganz anderen Pferden geritten. Die waren viel kleiner und hässlicher als unsere heutigen Pferde.«

»Woher weißt du das?«

»Der Film hat mich neugierig gemacht. Da habe ich vorhin ein wenig im Internet gestöbert und mich über die Mongolen informiert«, flunkerte Muriel. »Über die Steppenpferde findet man da auch ganz viel. Gib mal in der Suchmaschine *mongolische Steppenpferde* ein, da findest du mehr als 350 Einträge.«

»Jetzt sei doch nicht so kleinlich.« Nadine seufzte. »Genieß lieber den Film. Ist doch toll, wie die reiten können.«

»Auf den richtigen Pferden würde das noch viel besser aussehen«, bemerkte Muriel. »Die sind viel wendiger und ...«

»Jaha, aber vielleicht hatten sie gerade keine zur Hand. Was weiß ich. Ist doch auch ega...«

»Schscht!« Eine Stimme aus dem Dunkel vor ihnen ließ Nadine verstummen.

Muriel wandte sich wieder dem Popcorn zu, nach dem vielen Hammelfleisch der letzten Tage schmeckte es geradezu köstlich. Genießen konnte sie den Film allerdings nicht. Es waren viel zu viele Fehler drin, über die sie sich ärgerte.

»... die Frau hat vor der Mahlzeit keine Milch verspritzt,

um den Göttern für das Essen zu danken«, ereiferte sie sich nach dem Film, während sie mit Nadine auf deren Mutter wartete. »Und die Pferde hatten alle Namen! Hast du das gemerkt? Dabei haben die Mongolen ihren Pferden gar keine Namen gegeben. Die Sättel waren früher aus Holz und nicht aus Leder und die Pferde durften auch nicht einfach so herumstehen. Sie wurden nachts gefesselt und angebunden, damit sie nicht fortlaufen konnten. Und dann die Aufteilung der Rundzelte. Das stimmte vorn und hinten nicht. Die waren nämlich …«

»Sag mal, spinnst du jetzt völlig?« Nadine warf Muriel einen Blick zu, als würde sie ihre beste Freundin für übergeschnappt halten. »Wenn du alles so genau weißt, solltest du dich vielleicht als Beraterin für Mongolenfilme bei der Produktionsgesellschaft bewerben. Da kannst du dein fulminantes Fachwissen dann einbringen. Aber verschon mich bitte damit. Mir hat der Film nämlich auch mit den falschen Pferden und falschen Sätteln und ohne diese dämlichen Rituale gut gefallen.«

Muriel sagte nichts. Sie wusste, dass Nadine recht hatte, und nahm sich vor, nicht mehr zu meckern. Der Film war schließlich kein wissenschaftlicher Beitrag über das Leben der Mongolen gewesen. Er sollte unterhalten und das hatte er ja auch getan. Wären ihre Erinnerungen nicht so frisch gewesen, wären ihr viele der Ungereimtheiten vielleicht gar nicht aufgefallen. Trotzdem wollte sie es nicht auf sich beruhen lassen. Die Leute der Filmgesellschaft sollten ruhig wissen, dass nicht jeder Kinobesucher sich kritiklos berieseln ließ.

Und während sie zu Nadines Mutter in den Wagen stieg, fasste sie den Entschluss, der Filmgesellschaft noch am selben Abend eine lange E-Mail zu schreiben und ihnen mitzuteilen, wie es damals bei den Mongolen wirklich war.

Glossar

Airag: Getränk aus vergorener Stutenmilch. Es enthält etwas Kohlensäure und ca. 2% Alkohol. Der Geschmack ist leicht säuerlich.

Aruul: feste Stücke aus getrocknetem Quark. Reiseproviant der Mongolen und wichtige Vitaminquelle.

Dschingis Khan: »der Schmied« oder »der Eiserne«. Dschingis Khan regierte die Mongolen als erster Großkhan von 1206 bis zu seinem Tod 1227. Er vereinte die mongolischen Stämme und führte sie zum Sieg gegen mehrere benachbarte Völker. Nach der Ernennung zum Großkhan aller Mongolen begann er mit der Eroberung weiterer Gebiete; im Osten bis an das Japanische und im Westen bis zum Kaspischen Meer. Er ließ eine eigene Schrift entwickeln und setzte für alle verbindliche Gesetze durch.

Ger: vergleiche Jurte.

Jurte: »Ger« ist das mongolische Wort für Jurte. Haus der Nomaden in der Mongolei. Eine runde zeltähnliche Konstruktion aus einem Holzgerüst mit einer Eindeckung aus Wollfilz. Sie kann sehr schnell auf- und abgebaut werden und lässt sich auf Yaks transportieren.
Das Wort »Jurte« (yurt, yourte, yurta) wird in Europa fälschlicherweise für das asiatische Scherenrahmenzelt verwendet. In der Türkei bedeutet es so viel wie »Territorium«, Lagerplatz, Land, Heimat oder Wohnort.
(siehe Abbildung auf Seite 235)

Khan: »Befehlshaber«, »Herr«, »Herrscher«. Ein Herrschertitel, der vor allem von den Reiternomaden in Zentral- und Mittelasien verwendet wurde.

Khuushuur: große Teigtaschen, die mit Hackfleisch, Zwiebeln und Knoblauch gefüllt und gebraten werden.

Khailmag: karamellisierter, süßer Brei aus eingedickter Sahne. Schmeckt wie Karamellcreme.

Mongolei: ein sehr dünn besiedeltes Land in Zentralasien mit Steppen-, Hochgebirgs- und Wüstenanteilen. Grenzt im Norden an Russland und im Süden an China.

Naadam: (auch: »Eriin Gurwan Naadam« – »Die drei männlichen Spiele«) Nationalfest der Mongolen. Das Fest besteht aus drei Disziplinen: dem Reiten, dem Ringen und dem Bogenschießen.

Pferdekopfgeige: »Morin khuur«, ein Streichinstrument mit zwei Saiten, das am oberen Halsende von einem hölzernen Pferdekopf geziert wird. Es ist das wichtigste

Musikinstrument der Mongolen und gilt als ein Nationalsymbol der Mongolei.

Suutei Tsai: Milchtee mit Salz. In der Mongolei ist es das typische Getränk zu nahezu jeder Mahlzeit.

Schamane: Priester, Medizinmann und Zauberer in einer Person. Dem Glauben nach soll er den Kontakt mit einer »Welt der Geister« ermöglichen können.

Sogoo: mongolisch für Hirschkuh.

Tanguten: lebten einst im heutigen China. Ihr Staat Xi Xia wurde im Jahr 1226/27 von den Mongolen beseitigt.

Tschanasan Makh: gekochtes Fleisch. Es ist ein traditionelles und sehr einfaches Gericht der mongolischen Nomaden. Das Fleisch wird mit dem Knochen in Stücke geschnitten und mit Salz in Wasser gar gekocht.

Tengri: Himmelsgott der Mongolen.

Ulan Bator: (auch: »Ulaanbaatar«) Hauptstadt der Mongolei.

Yak: in Zentralasien verbreitete Rinderart. Gegen die Kälte sind Yaks durch ein langes schwarzbraunes Haarkleid gewappnet, das bis auf den Boden reicht.

Mongolische Nomandenjurte

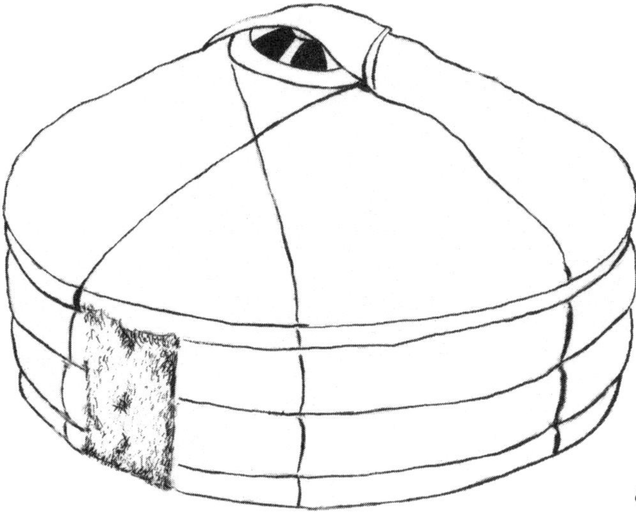

außen

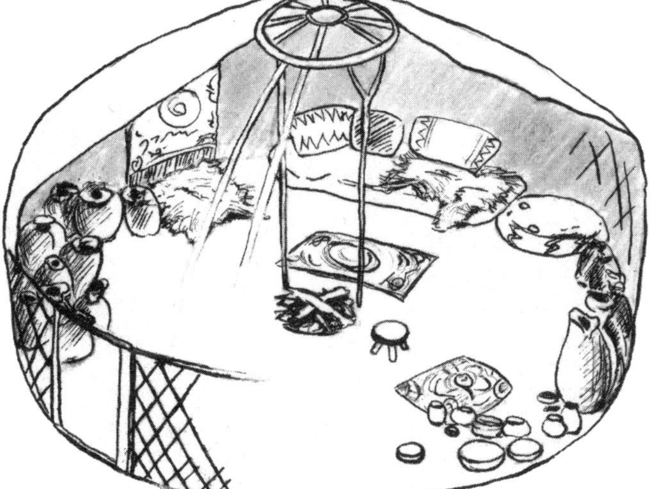

innen

Vielen Dank an Onco und Klaus Simonis, auf deren Webseite *www.koelschemongolen.de* ich die Sage der Pferdekopfgeige gefunden habe.

Monika Felten, Jahrgang 1965, lebt mit ihrer Familie auf dem Lande in der Nähe von Kiel, ist verheiratet und Mutter von zwei Söhnen. Eigentlich ist sie gelernte Technische Zeichnerin, arbeitet aber seit der Jahrtausendwende ausschließlich als freie Autorin und Schriftstellerin.
Für ihre Romane »Elfenfeuer« und »Die Macht des Elfenfeuers« erhielt sie 2002 und 2003 den Deutschen Phantastik Preis.

Von Monika Felten ebenfalls bei Thienemann erschienen:
Ascalon – das magische Pferd. Die Wächter des Schicksals
Ascalon – das magische Pferd. Das Geheimnis der Maya
Ascalon – das magische Pferd. Der Schlüssel von Avalon

Monika Felten ist eine Autorin der AVA international GmbH
Autoren- und Verlagsagentur, Herrsching (ava-international.de).

Felten, Monika:
Ascalon – das magische Pferd
Der Schatz des Dschingis Khan
ISBN 978 3 522 50172 9

Einband- und Innenillustrationen: Kathrin Treuber
Einbandtypografie: Michael Kimmerle
Innentypografie: Eva Mokhlis
Schrift: Meridien
Satz: KCS GmbH, Buchholz/Hamburg
Reproduktion: immedia 23, Stuttgart
Druck und Bindung: Friedrich Pustet, Regensburg
© 2010 by Planet Girl
(Thienemann Verlag GmbH), Stuttgart/Wien
Printed in Germany. Alle Rechte vorbehalten.

5 4 3 2 1° 10 11 12 13

www.planet-girl-verlag.de
www.monikafelten.de

Monika Felten

Eine Reise ins mystische Mittelalter

Ascalon – Das magische Pferd
Der Schlüssel von Avalon

ab 10 Jahren · 240 Seiten
ISBN 978 3 522 18046 7

Das Schicksal Avalons liegt in deinen Händen ... Als Muriel ihren neuen Auftrag von der Schicksalsgöttin bekommt, erschauert sie. Sie soll einen magischen Schlüssel austauschen. Den Schlüssel, der einst König Artus gehört hat und der den Menschen den Weg zur sagenumwobenen Insel Avalon weist. Ein Geheimnis, das unbedingt bewahrt werden muss. Zusammen mit Ascalon, dem magischen Pferd, bricht Muriel mutig auf – zu einem Ritt, der sie weit in die Vergangenheit führt, in die Welt von König Artus und Merlin, dem Magier ...

www.planet-girl-verlag.de

Monika Felten

Pferdeabenteuer voller Magie

Ascalon – Das magische Pferd
Die Wächter des Schicksals

ab 10 Jahren · 240 Seiten
ISBN 978 3 522 17875 4

Was für ein wunderschönes Pferd! Und dieser Blick – Muriel streicht dem Wallach durch die seidige Mähne. Ascalon ist noch nicht lange auf dem Birkenhof und doch fühlt Muriel sich ihm auf seltsame Weise verbunden. Seine dunklen Augen schlagen sie jedes Mal in ihren Bann. Ob Ascalon etwas mit den mysteriösen Visionen zu tun hat, die Muriel in letzter Zeit immer wieder zu einer geheimnisvollen fremden Frau führen?

planet girl

Ascalon – Das magische Pferd
Das Geheimnis der Maya

ab 10 Jahren · 256 Seiten
ISBN 978 3 522 17876 1

Muriel und Ascalon erhalten einen neuen Auftrag von der Schicksalsgöttin: Diesmal müssen das mutige Mädchen und das magische Pferd in die Zeit der Maya zurückreisen, um zu verhindern, dass ein großes Geheimnis zu früh enthüllt wird. Dabei muss Muriel bis an ihre Grenzen gehen, doch der treue Wallach steht ihr wieder schützend zur Seite.

www.planet-girl-verlag.de